# 聖女ヴィクトリアの逡巡

## アウレスタ神殿物語

角川文庫
23259

# CONTENTS

CHARACTERS
アドラス
エデルハイド帝国の騎士
だったが、ヴィクトリアによって
第六皇子と判明する。
ヴィクトリア・マルカム
アウレスタ神殿の第八聖女。
霊や魔力現象を
視ることができる。
イラスト／
六七質

・ロディス皇子
第一皇子。次期皇帝の最有力候補。

・クロイネル皇子
第二皇子。

・レーゼ皇女
第一皇女。匂い立つような美女。ロディス皇子派。

・ハルバート皇子
第三皇子。

・エレノア皇女
第二皇女。ロディス皇子派。

・レイナルド皇子
第四皇子。

・フレスカ皇女
第三皇女。ビアンカの双子の姉。

・ビアンカ皇女
第四皇女。フレスカの双子の妹。

・シメオン皇子
第五皇子。クロイネル皇子派。

---

・ベルタ・ベイルーシュ侯爵
侯爵家の若き家長。帝国議会の監察官。
ロディス皇子の腹心。

・マリウス大司教
帝国教会の高位聖職者。継承選を執り行う。

・ミュラー修道院長
継承選会場の大聖堂を擁する修道院の長。

・トレバー卿
皇帝の影武者。

---

・オルタナ
神殿の主席聖女。

・タリヤ
神殿の第五聖女。契(ちぎり)の聖女。

・ジオーラ
ヴィクトリアの恩師。神殿の前主席聖女。

**リコ**
アドラスの
従士の少年。

# プロローグ

　バンデル商会本部、会長室。その床に広げられた見事な南方織りの絨毯に血反吐を散らしながら、ベラルト・バンデル会長は目の端から涙をこぼした。

『なぜだ、アン。愛しているのに……』

　腹這うかたちで虚空を見上げた会長の胸元には、べっとりと鮮血が広がっていた。よくよく見れば胸と腹部に四か所ほど刃物を突き立てたような痕がある。

　けれども会長は、己の傷に構うことなく何かを摑もうと右手を前に伸ばした。

『待ってくれ、アン……』

　犯人に追い縋ろうとしているのだろうか。這いずりながら、震える指先は何度も宙を摑む。

　しかしとうとう限界が訪れて、会長は顔に絶望を色濃く浮かべると、がくりと床に倒れ伏すのだった。

「……確かにベラルト会長は、ここで殺害されたようですね」

　ベラルト会長——もとい、ベラルト会長の亡霊を間近で眺めたのち、私はそっと振り返る。

背後ではバラン副会長に会長秘書のマイヤー氏、それに複数人の商会従業員と喪服姿の会長夫人が、遠巻きにして私の様子を窺っていた。

「あ、あの、聖女様。ではやはり、会長の霊はそこにいらっしゃるのですか」

震える声で訊ねてきたのは、バラン副会長である。彼は小柄な体をうんと背伸びさせるようにして、私の背後を覗き込んだ。

「はい。こちらにいらっしゃいます」

「おお、なんと……」

「ほら、嘘じゃなかったでしょう！　たまにこの部屋から、妙な声が聞こえてくることがあったんでさ！」

不満げに語りながら、従業員たちは身を守るように胸の前で祈りの形に手を結ぶ。

「そのようですね」と同調すると、私は再び亡霊を見下ろした。

事の経緯は三週間ほど前。競争激しい帝国市場でも、辣腕と名高いバンデル商会の若き会長ベラルト・バンデル氏が職場にて何者かに殺害された。

死因は短剣で刺されたらしき胸と腹の傷。死体発見時、すでに殺害から時間が経過していたようで、遺体は硬くなりかけていた。

しかも不運なことに、その日商会本部はおおわらわで、従業員のみならず顧客や運搬係、取引先の職人やその徒弟など、多くの人が建物を出入りしていたという。怪しい人間など星の数ほど存在し、その誰もが犯行可能であった。そうして犯人特定に至らないまま、事件は迷宮入りとなったのだった。

だが死の悲しみが薄れ始めたここ最近、誰もいないはずの会長室から『会長の声が聞こえる』と一部の従業員たちがささやきだしたという。しかし重役たちが試しに中を覗いても、誰の姿も見当たらない。

はじめは冷笑で流されたその話は、いつしか『悪霊となった会長が夜な夜な呪いをささやいている』という噂となって近隣に広まり、気味悪がった顧客たちが商会に寄りつかなくなってしまった。

そこで焦った副会長が霊を鎮める方法はないものかとあらゆる伝手を頼った結果、霊と魔力が視えると噂の〝物見の聖女ヴィクトリア〟――つまり私に、依頼の声がかかったのだった。

「それで。夫はなんと言っているのです」

乾いた声で問うてくるのは喪服姿の会長夫人である。夫人は従業員たちと異なり、霊そのものに懐疑的なようだ。顔を覆う黒いヴェールの向こうから、訝るような瞳が透けて見える。

そこはかとなく複雑な事情の予感がして、「その前に」と私は一つ質問を挟んだ。

「奥様のお名前を教えていただけますか」

「デボラ・バンデルですけど、なにか」

ああ。予感が的中してしまった。けれどもこのまま事実を秘匿するわけにもいかない。

なるべく空気を荒立てぬように、私はつとめて穏やかに告白した。

「会長の霊は『なぜだ、アン。愛しているのに……』と仰っています」

案の定、夫人は驚愕で全身を凍らせた。

彼女が硬直している隙に、私は勢いに任せて室内の人々を見回す。

「そちらに視える会長のお姿も、おそらく死の瞬間のもの。ですから、アンという人物が会長を殺害した犯人である可能性が高いと思われます。みなさん、アンという名前、あるいは愛称の人物で、会長と親しかった人物をご存知ありませんか」

「え、あ、いやぁ」

なぜだか副会長は、気まずそうに頭を掻いた。そうして彼が横目で見たのは、会長夫人である。

「会長と近しい人で〝アン〟となると、アンネローズお嬢様くらいなものですねぇ。会長はお嬢様を溺愛していらっしゃって、しょっちゅう『うちのアンが』と口にしていました」

「……ふむ」

バンデル氏は三十を迎えたばかりのご年齢。その御令嬢となると、かなりお若い方であることが予想できるけど。

「お嬢様はおいくつですか」

「まだ十ヶ月です」

答えるのも馬鹿馬鹿しいと言いたげに、夫人は吐き捨てる。

つまりたった今、私は声高らかに赤子を殺人の容疑者候補に加えてしまったのだった。

……いかなる可能性も吟味せよ、が師の教えではあるけれど、さすがに生後十ヶ月の殺人を考慮できるほど、私の頭は柔軟ではない。

「ではお嬢様以外で、会長と親しいアンという名前の方に心当たりはありませんか」

ここで慌てても、不審を招くだけである。表面上は平静を装って、私は話題を切り替えた。

けれども夫人はあらゆる可能性を断ち切らん勢いで首を横に振るのだった。

「おりません。夫の交友関係はすべて把握しておりましたが、アンという名の女性は……いいえ、そもそも夫と親しい女性などおりませんでした」

「親しい女性がいない？　どうしてそう言い切れるのです」

「このバンデル商会は、私の実家の支援によって成り立っておりますの。ですから夫は、それはもう私に遠慮しておりましたのよ。他の商人たちのように外で愛人を囲うことなどありませんでしたし、仕事が終わればすぐに家に戻ってきたものです。他所(よそ)の女にうつつを抜かす余裕も度胸も、あの人にはなかったはずですわ」

胸を張って言い切る夫人からは、確かに逆らい難い迫力が感じられた。誰も口を挟もうとしない様子を見るに、彼女の言葉は真実なのだろう。

「では結婚される前に、会長に恋人がいらしたのかも」

結婚のため捨てられた元恋人による犯行……という筋書きは陳腐すぎるけど、あり得ない話ではない。

だがこの可能性も、即座に打ち砕かれた。

「そうした女がいないことは、婚姻前に調べております。だから私はバンデルに嫁ぎましたの。……失礼ですが、聖女様は本当に夫が視えていらっしゃいますの？　それにしては、指摘が的はずれなものばかりですけど」

ついには疑念を隠しもせずに突きつけられる。彼女の主張を思えば、疑われるのも無理はあるまい。

「奥様、それは」と青ざめた副会長が諫めようとするが、彼の言葉は夫人のひと睨みで黙殺された。

だんだん、この場における力関係が見えてきた気がする。商会を真に牛耳っていたのは、こちらの奥方というわけだ。

「私は秘書としてお雇いいただいてからというもの、仕事中はほとんど会長のおそばにおりました。会長に奥様以外の女性はいらっしゃらなかったと思います」

ずっと沈黙していた秘書のマイヤー氏が、おずおずと口を開いた。

「それなのに、会長がお亡くなりになった時だけは日中外に出ておりまして……。私がそばにおりましたら、会長が殺されることもなかったのに……」

消えいりそうな声で言うと、マイヤー氏はずず、と鼻をすする。湿っぽい空気が、部屋の中に立ち込めた。

――これで振り出しに戻ってしまった。『この聖女とやらは、本当に霊が視えているのだろうか』と人々が疑念を抱き出したのを肌で感じる。

私自身が疑われるのも否定されるのも構わないけど、亡者が苦しみもがく声を無駄にするような真似だけは絶対にしたくない。どうすれば、私は彼の言葉を人びとに届けることができるのだろう。

『なぜだ、アン。愛しているのに……』

会長の亡霊は、いまも床に這いつくばって、同じ言葉を繰り返している。宙を見上げる瞳に宿るのは、先刻と同じ絶望だ。それほどまでに、バンデル会長はアンなる人物に慕情を抱いていたらしい。

夫人や御令嬢のことを思うと胸中複雑だが、幾度も己の死を再現する会長の姿は哀れだった。

会長はまた手を伸ばしながら、じいっと宙を見上げる。彼が見上げた先には、いったい誰がいたのだろうか。

「……あれ」

そこで私はふと閃いた。そうっと会長の霊に近づくと、霊体に重なるようにごろりと床に腹這いになる。

「な、なにを」と人々はギョッとするが、構う余裕はない。私はバンデル会長の視線に合わせて、首を反らしながら虚空を見上げた。

「高いですね」

「は？」

「相手の顔の位置が、とても高いのです」

立ち上がると、今度は会長の霊から伸ばした腕一本ぶんの距離をあけて、向き合うように立つ。そして片手をまっすぐ上に伸ばした。

「会長と犯人の距離は、腕一本ぶん以上——となると、会長の霊はちょうど私の指先あたりを見つめていることになります。つまり犯人の顔は、この辺りにあったわけです。これだと、男性でも背の高い部類に入るのではないでしょうか」

ちょうどアドラスさんくらいだ。この身長なら、かなり犯人像が絞られる。

「もう一度お訊ねします。非常に背が高く、会長と親しかった人物に、皆様お心当たりはありませんか」

「……」

私の発言に呼応するかのように、人々はすうっと一人の人物に視線を集めた。そこに立つのは会長秘書のマイヤー氏である。確かに彼の頭は、ちょうど私が手を伸ばしたあたりの位置にあった。室内に居並ぶ人々の中でも、彼だけ頭一つ飛び抜けている。

「なるほど。では確認しますので、会長の霊の前に立っていただけますか」

「え⁉　い、いや、私は……」

「お待ちなさい！　あなた、夫が男色家だったと言いたいの⁉」

マイヤー氏を遮って、会長夫人が私の前に出る。もはや皮一枚分の遠慮も脱ぎ捨てられ、全身から刺すような敵意が発せられていた。

「おかしなことを言わないでちょうだい！　夫には私という妻がいたのよ。娘だってできたわ！」

「男女どちらにも情愛を抱ける方だった可能性は否定できません」

「なっ」

「それとも奥様は、会長とその周辺にいた男性との関係にまで注意を払っていらしたのでしょうか」

答えはなかった。夫に近づく女性を決して許さなかった夫人も、男性のことまでは疑惑の対象にしていなかったようだ。

夫人が沈黙した隙に、私はマイヤー氏に問いかけた。

「マイヤーさん。あなたのお名前を教えていただくことはできますか」

「それは」

「彼はジョアン。ジョアン・マイヤーです。無理やりアンという愛称をつけられないこともないですな」

代わりに副会長が答えた。

何かぴんと来るものがあったのだろうか。副会長は疑(うたぐ)るようにマイヤー氏を見つめていた。

「そういやマイヤー。お前、会長の推薦でいきなり秘書になったよな……」

「そ、そんなのこじつけだ！　どうして会長がわざわざ私を〝アン〟だなんて呼ぶ必要があるのです！」

「あなたが会長の秘書になったのはいつ頃ですか」

いきなりの問いに「え」と調子を乱されながら、マイヤー氏は恐る恐る答える。

「半年近く、前からですが……」

「お嬢様が生まれた少しあと、ですね」

ならば考えうる理由はあった。頭の中で組み立てた仮説を、私は慎重に口にしていく。

「会長は奥様のご実家から多額の支援を受けており、常に奥様の怒りを買うことのないよう細心の注意を払う必要がありました。当然、誰かと関係を持つことを、奥様に知られるわけにはいきません。

そこでお相手の名前が万が一にも漏れないよう、相手にお嬢様と同じ愛称をつけた、という理由ならば考えられます。そうすれば、寝言やふとした会話の中でうっかり恋人の名前を口にしてしまっても、奥様に気取られることがなくなりますから」

「う……」

「なんですって……」

夫人は夫の霊がいるであろう方向をきつく睨めつける。妻として母として、この話は不愉快極まりないだろう。正直私も気分が悪いし、外れてほしいのが本音である。

「マイヤーさん。もちろんあなたが犯人であると断定できるわけではありません。ただあなたが、条件的に疑わしい立場であることも事実。もし潔白であるならば、会長が亡くなられた日の行動を、もう一度詳しく教えていただけませんか」

「……」

「会長と親しかった高身長の人物も、性別関係なく教えていただけますと助かります。その中に、会長がおっしゃる〝アン〟がいるかもしれませんから」

私の呼びかけに、マイヤー氏は口を閉ざした。

彼は唇を嚙みしめると、血の気の失せた顔をさっと伏せる。強く握られた拳は感情を抑えこもうとするように、小刻みに震えていた。

「……が、悪いんだ」

「悪い？　なにが……」

吐息のような声を聞きつけ、私はマイヤー氏の顔を覗き込んだ。

――その瞬間。

「こっちは金目的だったのに、勝手に盛り上がりやがって。いい加減、気色悪かったんだよ！」

とマイヤー氏は叫ぶと、私を突き飛ばして扉の方へと駆け出した。

「待って！」

床に腰を打ちつけながら、とっさに叫んでみる。

だが当然、マイヤー氏は止まらない。それどころか、出口の前で立ちすくむ従業員たちをかき分けるように突き飛ばし、がちゃりと扉に手をかけた。

「誰か！　そいつを捕まえなさい！」

夫人も金切り声を上げるが、突然の事態に誰も動き出すことができなかった。マイヤー氏は扉の隙間に体を滑り込ませると、瞬く間に廊下の先へ姿を消してしまう。

「いけません、早く追わないと！」

せっかく容疑者を絞り出したのに、ここで逃げられては意味がない。

痛む体を立ち上がらせて、私は扉へと駆け寄った。

「マイヤーさん、まだ話を――」

「ぎゃっ！」

私が扉に触れる、その直前。潰れたカエルのような大きな悲鳴が、扉の向こうで響き渡った。とたんに辺りはしんと静まりかえる。

「……え？」

なにが起こったのだろう。

疑問で硬直していると、やがてぎし、ぎし、と廊下を踏み締める足音がこちらへと近づいてくる。

足音が部屋の前で止まると同時に扉の陰からひょこりと顔を覗かせたのは、私がよく知る錆色の髪の青年だった。

「……アドラスさん？」

「失礼。廊下にいたら急にこの御仁が飛び出してきたので、つい反射的に腹に一発入れてしまったのだが……いったい、何があったんだ？」

いかにも申し訳なさそうに語る彼の肩には、だらりと動かぬマイヤー氏が担がれていた。


「今日は昼から、式典儀礼の授業があるとお伝えしましたよね」

潮風吹き抜ける、商会本部前の往来にて。アドラスさんの従士であるリコくんは両手を腰に置くと、じとりと主人を睨め上げた。

「もう二度もサボっているから、三度目はない。今度は必ず出席するし文句も言わないと、アドラス様も約束してくれたはず。覚えていませんか」

「ああ、確かに約束したな」

「――それなのに！　どうして朝っぱらから港湾地区で、殺人事件の容疑者なんか捕まえているんですか！　もうどう考えたって、大遅刻じゃないですか！」

道行く労働者が何事かと振り返る。声変わりもまだなのに、リコくんの叱声には背筋が伸びるような凄みがあった。

これにはアドラスさんも、珍しく真面目な顔で「すまん」と謝罪する。

「ヴィーの仕事を軽く見学するつもりでついて行ったら、いきなり容疑者が俺に向かって突っ込んできたんだ。それで仕方なくそいつを取り押さえて憲兵に引き渡そうとしたら、意外と時間がかかってな。悪気はなかった」

「……引き渡しなんて、商会の人たちに任せておけばよかったじゃないですか」

「お前な、その場にはヴィーもいたんだぞ。か弱い女性と殺人犯を現場に置き去りにして自分だけお作法を学びに宮殿に戻るなんて真似、男としてできるわけがないだろう」

これは紳士的に扱われていると喜ぶべきか、それともリコくんのもどかしさに共感すべきか。

身の振り方を考えていると、「もういいです」と意外にも早くリコくんが白旗を上げた。

「アドラス様の外出を許可した僕が間違っていました。大事な用事がある日は、扉に釘を打っておかなきゃいけなかったんだ」

「そう怒るな。講師にはあとで謝りに行っておくから」

アドラスさんはいつものように、リコくんの頭をわしゃわしゃと撫でる。これが彼らなりの、和解の儀式なのだ。

今日は朝から血腥いものを見てしまったが、二人のやり取りを眺めていると心が和んだ。

「それで、ヴィー。肝心の亡霊はもういいのか」

「はい。マイヤーさんを引き渡しているあいだに、いつの間にか消えてしまいましたから」

結局今回の殺人は、恋愛関係の破綻(はたん)――いわゆる、痴情のもつれが原因だったらしい。その真犯人たるマイヤー氏を引き渡した後、会長室に戻ると亡霊は跡形もなく消えていた。

この世への未練がなくなってしまったのだろうか。それとも己の所業がばれて、あの場に留(とど)まりづらくなったのか。

理由は定かではないけれど、とにかく彼の声が無駄にならなくてよかった。不倫の件も名前の件も同情はできないが、どんな事情があっても彼が不当に殺されていい理由にはならない。

「でも、どうしてヴィーさんがこんな幽霊騒動に駆り出されているんです？　ふつう、アウレスタの聖女って、国同士の揉(も)め事とか内紛とか、そういう大きな事件を担当するものなんでしょう」

リコくんが気遣うように見上げてくる。私が軽んじられているのではと、心配してくれているのだ。

「いいんです。時間に余裕がありますから」

むしろ余りすぎて困っているのが本音である。

暇であることを遠回しに説明しつつ、私は穏やかに微笑んでおいた。

――エデルハイド帝国を震撼させた皇子呪殺事件および皇子とりかえ事件が解決してから、もう一ヶ月が経とうとしている。

そのあいだ、私はアドラスさんたちに別れを告げて神殿の聖務に戻る――ということもなく、帝都で有り余る時間を持て余していた。

これには一応、訳がある。

「聖女ヴィクトリア。あなた様に、次代皇帝を選出する継承選の立会人をお願いしたいのです」

そう言って宮廷役人が訪ねてきたのは、事件の後始末をあらかた終えた、およそ二週間前のことだった。

「当国では皇帝陛下の死後、帝位継承権を持つ十人の皇子皇女殿下によって、次代皇帝を決める継承選が行われるのが古くからの習わしとなっております。……とご説明しなくとも、ここまでは聖女様もよくご存知ですね」

確かによく知っていた。

その〝十人〟の席を巡って起きた事件こそ、皇子呪殺事件と皇子とりかえ事件なのである。

「現在、我々は病状優れぬ皇帝陛下の勅命のもと、速やかな継承選開始に向けて準備を進めております。ただ一つ、問題がございまして……」

「問題、ですか」

「帝国憲章では、『継承選は帝国教会主導のもと、パラディィス大聖堂にて行うこと』と定められているのです。ただお恥ずかしながら、アドラス殿下の事件をきっかけに、教会に対する民の信用はすっかり損なわれてしまいました。それゆえ、『次なる皇帝を決める儀を教会の手に委ねてよいものか』という意見が帝国議会内でも多く出るようになってしまったのです」

「ああ、なるほど……」

前回の事件では、帝国教会の高位聖職者が貴族と結託し、生まれたばかりの皇子暗殺に関わっていたことが判明した。そんな事実が知れ渡っては、人々が教会に不審を抱くのも無理からぬ話だろう。

「だから中立な立場にある私に継承選を見届けてほしいとおっしゃるのですね」

「左様でございます。世界の調停役であるアウレスタの聖女がお立ち会いくださったなら、誰も継承選の結果に疑いを持つことはないでしょう。我々は平等かつ公平に、継承選を遂行したいのです」

聞けば彼らは、すでに同じ要請を神殿本部にも連絡済みであるという。

さらに継承選当日には、私の他にもう一人、〝契の聖女〟が来る予定らしい。

こうして私の帝国滞在期間の延長が決定したのだった。

「すまないな。継承選のせいで、帝都に留め置かれているのだろう」

アドラスさんが心苦しそうに眉を下げる。

確かに、当初予定していた滞在期間が予想以上に延びているのは事実である。でも私としては、願ってもない依頼だった。なにせ私には、この継承選にアドラスさんを引き込んだ責任がある。できることなら彼の行く末を間近で見届けたいと、ずっと考えていたのだ。

「お気になさらず。それより、アドラスさんは継承選が終わったらどうされるおつもりです」

「さっさと帝都を出る。これ以上、お偉方の権力闘争に巻き込まれるのはごめんだからな」

迷いなく答えが返ってくる。皇子とあらば贅沢もし放題だろうに、それすら望まないとは本当に宮殿の水が合わないようだ。

すると彼の傍で、リコくんがこそこそと私に告げ口をした。

「この人、誰々の派閥に入れって貴族から勧誘されるのを嫌がって、まだ継承選も始まっていないのに『俺はロディス皇子に投票する』って公の場で宣言しちゃったんですよ。向こう見ずにもほどがあります」

それは剛毅な選択である。

私は研いだ刀のように整った、鋼色の髪の青年を思い浮かべた。

鉄血皇子、ロディス。彼はこの国の第一皇子で、十人の皇帝候補者の中でも最も玉座に近いと目されている人物だ。

確かに彼の庇護下に収まれば、他の候補者たちや貴族たちは迂闊にアドラスさんを勧誘しづらくなるだろう。

だがそれは、ロディス皇子と競うすべての候補者たちを敵に回すも同じ行為である。

リコくんは、そのことを案じているのだ。

「そう心配するな。投票を宣言するに当たって、ロディス皇子から暮らしと身の安全は保証すると言われている。お前は余計なことを心配してないで、今のうちに豪華な暮らしを楽しんでおけ」

ぷりぷり怒る従士に対し、アドラスさんが向ける目は優しい。

もしかしてアドラスさんは、故郷やリコくんのため、ロディス皇子の派閥に属したのではないだろうか。

継承争いは常に苛烈で、過去には自分に票を集めるため、候補者たちの友人恋人を人質に取ろうとした人もいたという。

もし同じような場面に立たされた時、後ろ盾のないアドラスさんでは、大事なものを守りきれないこともあるかもしれない。だからロディス皇子という強力な盾を選んだのだとしたら、色々と腑に落ちる。

……ただそうだとしても、それは私が口出しすべきことではないだろう。

私は何も気づかぬふりをして、主従のやりとりを見守った。

「アドラス殿下、こちらにいらっしゃいましたか」

その時、後方より掠れた声がかけられる。見ればねずみ色の外套を纏った男性が、建物の狭間から遠慮がちにこちらの様子を窺っていた。労働者が多く行き交う日中の港湾地区において、男性の姿は陽の中に落ちた影のように浮いている。

その姿を認めたとたん、アドラスさんの表情が硬くなった。

「失礼。どなただろうか」

「私は内廷近侍官、エラムと申します。突然お声がけいたしますこと、どうかご容赦ください」

さっと腰を折って深く礼をしながら、エラム近侍官はさりげなく外套の前をあける。その下には確かに、宮廷侍従のお仕着せが着込まれていた。

「……内廷近侍官？　皇帝陛下直属の侍従であるあなたが、なぜここに」

「アドラス殿下をお迎えに上がりました。至急宮殿内廷までお越しください」

顔を伏せ、いまだ首を垂れたまま、エラム近侍官は声を抑えて言う。

「皇帝陛下が崩御されました」

# 第一話

リコくんを市街に残し、私とアドラスさんはエラム近侍官の馬車に乗り込んだ。

とうとうこの日が来てしまった。皇帝陛下がお亡くなりになったのだ。

揺れる馬車の中、会話が弾むわけもなく、私たちは黙って時をやり過ごした。

「アドラスさん、大丈夫ですか」

腕を組んで難しい顔をするアドラスさんに、そっと声をかける。彼は心底驚いたようにこちらへ顔を向けると、困ったように苦笑した。

「大丈夫だ。薄情なものだが、まったく悲しくない」

それも仕方のないことだろう。この人はずっと辺境で母親と暮らしていたのに、一ヶ月前、突然帝国の皇子となってしまったのだから。

実の父親である皇帝陛下とも、数回程度しか言葉を交わせていないという。肉親の情を抱けないのも当然の話だ。

「どちらかと言うと、他人の家の葬儀に忍び込むような気分だ。正直気が重いな」

「アドラスさんは、正式な十人目の皇子です。肩身の狭さを感じる必要はありませんよ」

考え抜いた末、そんな気休めのような言葉しか浮かんでこない自分が恨めしい。それでもアドラスさんは、「ありがとう」と無理に作った笑みで応じてくれた。

やがて私たちを乗せた馬車は、緩やかに停車した。

外から話し声が聞こえてくる。窓かけをずらして外の景色を覗き見ると、巨大な城壁と鉄の門扉がすぐ目前に確認できた。どうやら敷地に入ろうとしたところで、衛兵に馬車を止められたらしい。御者と衛兵たちは顔見知りのようで、特に警戒されることもなく、馬車は再び動き出す。

だがその光景に、妙な違和感が首をもたげた。

王政を敷く多くの国は、君主に不幸があるとその死を報せる鐘を鳴らし、弔旗を掲げて喪に服すものだ。けれども抜けるような青空の下、宮殿の門にはためくのは鮮やかな赤と青の皇室旗。人の出入りが制限される様子もなく、流れる空気は穏やかで、君主の死を悼む気配がどこにも感じられないのだ。

一方、共に窓の外を覗いていたアドラスさんは、私と異なる点に違和感を覚えたようだった。

「これから東門を通るのか？　あの屋敷からなら、表門が近かったはずだが」

「それが、その……」

アドラスさんの問いに、エラム近侍官は言葉を詰まらせた。

「実は皇帝陛下が崩御されたことは、ごく一部の方にしかお知らせしていないのです。

宮中の人間の多くは、陛下がまだご存命であると思っていることでしょう」

ですから宮殿内では本件について口外されませぬようお願いします、とエラム近侍官は言う。

「回り道をしておりますのも、なるべく人目につかない道を選んでいるためです。この先、さらに不便な道が続きますが、どうぞご容赦ください」

「ご容赦……と、言われてもな。そもそも、どうして人目を避けてまで陛下の死を隠すんだ。いつ亡くなってもおかしくない状況だったのだろう」

「申し訳ございません。それは私の口から説明いたしかねます」

濃密な厄介ごとの気配がする。アドラスさんも同じものを感じとったのか、『気をつけろ』と言いたげに目配せを送ってきた。頷きだけを返して、私は慎重に言葉を挟む。

「何か事情がおありのようですね。それなのに、この国の人間ではない私が同行してもよろしいのでしょうか」

「聖女様におかれましては、ロディス殿下より必ずお連れするようにと指示を賜っております」

「ロディス殿下が？」

どうして彼が、皇帝陛下逝去の場に私を呼ぶのだろう。ただあの理性の塊のような青年が、無意味な行動をするとも思えなかった。

「ロディス殿下は私に何をお求めなのですか」

「申し訳ございません。それも私の口からは……」

決まり悪そうに、エラム近侍官は縮こまる。

こうも畏縮されては、これ以上追及する気にもなれない。結局状況を理解できないま
ま、私たちは馬車の到着を待つのだった。

その後、馬車は宮殿の外れで停車した。

まず通されたのは、壁一面の書架が連なる宮廷図書館。こんな場所に何の用があるのかと思いきや、エラム近侍官は隅の古書棚をくるりと回し、その裏に隠された仄暗い道へと私たちを誘った。

「この通路は宮殿の内廷部に繋がっております。くれぐれも他言なさいませぬよう」

つまりは隠し通路である。よほど人目を避けたい事情があるらしい。ここまでされると唖然とするしかなく、私とアドラスさんは口を閉ざしてエラム近侍官の背中を追うのだった。

そうして凹凸だらけの通路をひたすら進むと、やがて宮殿内の廊下に辿り着いた。深紅の絨毯をたどるように視線を先へと滑らせると、通路の最奥に金の箔飾が施された大扉が堂々と構えていた。

「あちらが皇帝陛下のご寝所になります」

入り口の左右では、二人の衛士が微動だにせず直立していた。エラム近侍官はその間をすり抜けて、慎重に扉を叩く。

「エラムにございます。アドラス皇子殿下をお連れしました」

「入れ」

短い入室の許可を得て、扉をくぐる。

中には見覚えのある顔がいくつも並んでいた。

こちらに刺すような視線を向けてくる巻き毛の青年は、第二皇子クロイネル。その横で青ざめた顔を伏せる細身の青年は、第四皇子レイナルドだ。

二人だけではない。苛立たしげに爪を噛む青年も、それを遠目に眺める女性も、こそこそと耳打ちし合う同じ顔をした双子の姉妹も――みな帝位継承権を持つ次期皇帝候補者である。

けれどもすぐに、私とアドラスさんの視線は天蓋にすっぽりと覆われた寝台へと引き寄せられた。寝台の横では、一人の青年がこちらに背を向け佇立していた。

「来たか」

青年は待ち構えていたように振り返る。

鍛え上げられた長軀に、剃刀のように鋭い瞳。この人物こそ私たちをここへと招集した、第一皇子ロディス・エデルハイドである。しかし今の彼の姿は、〝異様〟の一言に尽きた。

頬には乾いた血がこびりつき、堅く着込んだ軍服には、赤黒い染みが広がっている。足元には滴り落ちた血の跡が点々と連なって、床におぞましい彩りを加えていた。

り上げた。

「何があった」

声を落として、アドラスさんが訊ねる。するとロディス皇子は、無言のまま天蓋を捲

そこには、寝台に横たわる老人の姿があった。

身に纏うのは、真っ赤に染まった絹の長衣。体はすっかり痩せこけて、手足は枯れ木のように細長い。肌にはおよそ血の気がなく、右の首筋には深々と、刃で抉られたような傷が刻まれていた。

「……皇帝陛下？　この傷は……」

しばし遺体を眺めたあと、アドラスさんの口から驚愕の声が漏れる。

彼の疑問に答えるように、ロディス皇子ははっきりと言い放つのだった。

「皇帝陛下が、自害された」

『宮殿内にいる候補者たちをこの場に招集せよ』という勅命が下されたのは、今日の昼前だったという。

ここ数日、病篤く言葉も交わせぬほどに憔悴していた皇帝陛下が、目覚めるなり搾り出した言葉だった。命を受けた侍従たちはただちに候補者たちを集めるべく、方々へと

使いを出した。

　これが皇帝陛下と候補者たちが言葉を交わす、最後の機会になるかもしれなかったからだ。

「そこで宮殿内にいた俺とエレノア、ハルバート、レイナルドの四人が集められた。到着後は陛下から声がかかるまで扉の前で待機していたのだが、しばらくすると寝室の中から大きなうめき声が聞こえてきた」

　状況を振り返りながら、ロディス皇子は大扉へと目を向ける。

「陛下に何かあったのやもしれぬ。そう考えた我々は、すぐさま寝所に踏み入った。すると寝台の横に、短剣を手にした陛下が立っていて——我々を目にした瞬間、刃を自分の首に突き立てたのだ」

　その瞬間を想像して、思わず私は自分の首に手を当てた。血管の脈動が指先に触れる。もしこの場所に刃が突き刺されば、たちまち傷口から鮮血が溢れ出すことだろう。

「すぐに止血を試みたが、手遅れだった。宮廷侍医がこの部屋に到着した頃には、もう陛下の息は止まっていた。……これが、先刻起きた出来事だ」

　ロディス皇子は小さくため息をつく。彼の衣服を染め上げた血潮が、当時の壮絶な状況を物語っているようだった。

「今のところ遺書は見つかっておらず、なぜ陛下が自害されたのかは不明だ。だが皇帝陛下が崩御された以上、そのことを次期皇帝候補であるお前たちに知らせぬわけにもいくまい。だから陛下についての情報は伏せ、お前たちをこの場に集めたのだ」

そこまで言い切ると、ロディス皇子は室内を見回した。兄弟たちは痛ましい光景を前に何も言い出すことができず、ただ兄皇子の言葉を受け止めていた。

だがこれで、近侍官が頑なに口を閉ざしていた理由がやっと理解できた。

彼らにとって皇帝陛下は帝国の頂点に君臨せし存在である。そんな人物が自害したなどとは、畏れ多くて口が裂けても言えなかったのだろう。

「やはり、とても信じられませんね」

唐突に沈黙を破る声がある。声をあげたのは、先ほど私とアドラスさんに険のある視線を向けてきた、第二皇子クロイネルだった。

「本当に父上は自害されたのでしょうか。失礼ですが、兄上たちは何か大きな見落としをされているのでは？」

「なぜそう思う」

ロディス皇子は顔をしかめるどころか眉をピクリとも動かさない。まるで反抗的な生徒の回答を待つ教師のような調子である。その反応が気に入らないのか、クロイネル皇子はむっとして声を張り上げた。

「もちろん、父上に自害する理由がないからです。父上ならば、ご自身が自ら命を絶つことが国政にどのような影響を及ぼすか理解されていたはず。それなのに、理由もなく自害されるとはとても思えません。違いますか？」

非難がましい言い方はともかく、クロイネル皇子の主張にはそれなりに筋が通っていた。

確かに動機も分からないまま、『皇帝陛下は自害した』という話だけを鵜呑みにするのは危険である。自害をしたならば、それを決意するに至る理由が必ずあるはずなのだ。

だがそこで、意外な人物が口を挟んだ。

「……恐れながら申し上げます。陛下が自害される理由なら、一つ考えられます」

エラム近侍官だった。これまでずっと口を固く閉ざしてきた彼ではあるが、とうとう秘密を守る堰が切れたのか、体を竦ませながら、己の罪を告白するかのように恐る恐る言葉を継いでいく。

「皇帝陛下は病に体を蝕まれ、常に激しい痛みに晒されていらっしゃいました。ですがあらゆる治療によって命を繋がれ死を迎えることも敵わず、近頃は『もう終わりにしたい』『早く解放してくれ』といったお言葉を我々侍従に漏らしていたものです。ですから……」

「だから、なんだと?」

エラム近侍官の告白に、クロイネル皇子は威圧的な声を被せた。

「よもや貴様は侍従の分際で、帝国皇帝たる父上が病苦に膝を折り、死を選んだのだとほざくつもりか！」

「も、申し訳ございません。ですが最近の陛下は、本当に人が変わられたように思い詰めたご様子でして……」

「黙れ、この痴れ者が！　お前ごときが父上の死を侮辱するとは、覚悟はできているのだろうな！」

「そんなつもりは！　私はただ――」

「おい、その辺にしておけ」

摑みかからん勢いで吠えるクロイネル皇子の前に、アドラスさんが進み出る。

突然壁のように現れた末弟の胸に額を打ち、クロイネル皇子は後ろに軽くよろめいた。

「何をする、アドラス！」

「いいから落ち着け。皇帝陛下とて人間なんだ。苦痛に耐えきれず、思いつめた末に自ら命を絶つことだってあるかもしれないだろう」

諭すように言って、アドラスさんは「なあ？」と周囲に同意を求めようとする。しかしクロイネル皇子は、アドラスさんの言葉を鼻で笑い飛ばした。

「我々エデルハイドの皇族は、何事にも屈するなかれと幼い頃より教えられている。いかなるものにも弱さを見せぬ高潔さこそが、我々の誇りなのだ。それなのに、病苦に敗れ自ら死を選んだなどと妄言を吐く行為は、皇帝陛下への侮辱も同然。……長らく下賤に身をやつしていたお前には、理解できないだろうがな」

最後に吐き捨てられた言葉と共に、その場はしんと静まり返る。

驚いたことに誰一人として――それこそロディス皇子ですら、クロイネル皇子の言葉を否定しようとしなかった。みな声には出さずとも、クロイネル皇子の主張に少なからず共感しているようだ。

アドラスさんは、はじめ異文化と遭遇したかのように目を丸くしていたが、自分と彼らの境界線を確かめるように候補者たちを見回すと、「よく分からん」と広い肩を竦めるのだった。

「ここでそんなことを論じても、不毛ではなくて？」

その時、甘やかな声が部屋に響いた。これまでじっと部屋の隅で様子を見ていた一人の女性が、不意に口を開いたのである。

「それよりわたくし、どうしてここに聖女様がいらっしゃるのか知りたいわ。誰がお呼びしたのかしら」

女性は壁から背を離すと、軽やかな足取りで私に歩み寄った。

匂い立つような美女、という言葉はこの人のためにあるのだろう。

滑らかな真白い肌に、背中に流れる豊かな金髪。顔立ちは女神のごとく整って、体の曲線までもが美しい。胸元は眩しいほどに露出されているが、堂々とした彼女の風格が不思議と装いを品良くまとめていた。

「レーゼ第一皇女殿下……」

「まあ、わたくしの名前を覚えてくださっていたの？　光栄だわ」

名前を呼ぶと、レーゼ皇女はふわりと顔を綻ばせる。蠱惑的な笑みに、一瞬にして室内の緊張が解けるようだった。

敵意を剝き出しにしていたクロイネル皇子も、すっかり毒気を抜かれてしまっている。

「物見の聖女は俺がお呼びした。彼女が持つ物見の力をお借りしようと思ってな」

とレーゼ皇女の疑問に答えつつ、ロディス皇子は私を見据えた。

「聞いての通りだ。いきなりお呼びたてして申し訳ないが、現在我々は非常に切迫した状況にある。何かあなたの目で視て、分かることはないか。もし陛下から直接お話を聞けたなら、それが一番確実なのだが」

「……えっと」

四方から、期待の視線が私へと注がれる。身を隠す場所もなくて、私は体を縮こめた。

こんなにたくさんの人から期待を寄せられるのは、十七年と少しの人生で初めてのことだった。つい二ヶ月ほど前、無能を理由に神殿から追放されかけた身としては、どこか肩身の狭くなる空気である。しかも私は早速、彼らの膨れた期待に風穴を開けなくてはならない。

「残念ながら、現在この部屋に皇帝陛下の霊はいらっしゃいません。ですから、なぜ皇帝陛下がお亡くなりになったのかを明らかにするのは難しいかと」

途端にあちこちから、失望の吐息が聞こえてきた。申し訳ない。

「ただ、お話を聞いて気になった点がありました。いくつか確認したいことがあるのですが、よろしいでしょうか」

十人の皇子皇女たちを見回す。みな特に異論はないようだ。

そこで私は第三皇子ハルバート、第四皇子レイナルド、そして第二皇女エレノアに問いかけることにした。この三名が、ロディス皇子と共に現場にいたはずだ。

「現場を目撃した御三方に確認したいのですが、先ほどのロディス殿下の説明に相違ありませんか。もし他に気づいたことがあれば、教えていただきたいのですが」

「ありません」と弱々しい声で応えたのは、束ねた栗毛を肩に下ろした色白の女性――エレノア皇女だった。

「私もお父様がご自害されるところを見ました。ですが、何もできなくて……」

「お前が責任を感じることではないよ。あの状況では仕方がなかった」

ハルバート皇子が妹を気遣うように言い添える。レイナルド皇子も、特に異論があるわけでもなさそうに横で頷いた。

現場に居合わせた人々の間で、意見が分かれるところはないらしい。

四人の皇子皇女たちが共謀したという可能性でも追わないかぎり、皇帝陛下自害という事実は揺るがないというわけだ。

もっと個々から詳しく話を聞きたいところだけれど、ひとまず状況確認はこの程度でいいだろう。

「お話、ありがとうございます」

礼を言って、次に私は室内を見回した。

まず中央に配された、天蓋つきの寝台が目に入る。その横に並ぶのは、艶やかな木目の小卓に、蔦模様が美しい蠟燭立てや白磁の花瓶など、見事な調度品ばかり。

けれども寝台の横の床に視線を落とすと、水をこぼしたように広がる血痕が絨毯の上にくっきりと残っていた。

「殿下たちが部屋に入った時、皇帝陛下が立っていらしたというのはここですか」

生々しい血痕を指で差す。ロディス皇子は私の隣に立ち、「ああ」と首肯した。

「この場から扉の方を見るようにして立っていらした。この辺りの血痕は全て、陛下のもので間違いないだろう」

「血痕からして、止血は床の上でされたのですよね。いまご遺体は寝台の上にありますが……」

「陛下の死亡を確認したあと、俺と数名の近侍、侍医とで遺体を寝台の上に移した。陛下を床の上に寝かせておくわけにいかなかったからな。それ以降は誰にも遺体を触れさせていない」

聞かずとも、近くにいたレイナルド皇子たちが「間違いない」と言いたげに視線を送ってくる。

現場の痕跡だけで判断するなら、彼らの言葉に嘘偽りはないように思われた。……であるならば、次は第三者の存在を確認するべきだろう。

「殿下たちが部屋に到着する前、寝室を出入りした方はいらっしゃらないのですか」

「今日は侍従と侍医以外にこの部屋を出入りした者はいないそうだ。その侍従たちも常に複数人で陛下の側についていて、我々が集まった際には『内密な話があるから』と部屋を出されている」

「誰かが隠し通路などを使用して、陛下に接触した可能性はありませんか」

「この部屋に直接出入りできる隠し通路はないと聞いている。そこに開閉可能な窓はあるが、我々が部屋に入った時点で鍵(かぎ)は閉じられていた」

「窓、ですか」

ロディス皇子が指し示した先には、両開きの硝子(ガラス)窓が嵌(は)め込まれていた。

人が出入りできるほどの大きさではあるが、近くに寄って見てみれば、確かに錠はぴったりと閉じられている。おまけに金具は錆(さ)びついていて、しばらく開閉された様子もない。それでも試しに窓を開け放つと、わずかに潮を孕(はら)んだ風が、ふわりと部屋に吹き込んだ。

天気は快晴。見渡す限り、紺碧(こんぺき)の海である。地平に広がる大海原で、真白い帆を張った船がさざなみの尾を引きながら海面を渡りゆく光景は、陰惨な現実を忘れそうになるほど穏やかだった。

「確かに、ここから出入りするのは難しそうですね」

およそ地上八階に位置するこの部屋は、断崖(だんがい)に聳(そび)え立つ宮殿の海側に面しているようだ。

窓から下を覗き込むと、滑らかな宮殿外壁と切り立った岩肌が見える。鍵がかけられていなかったとしても、窓から中に侵入するのは至難の業と言えるだろう。

「確かに、隠し通路もなさそうだ」

ゴンゴン、とアドラスさんが壁を叩く。私が窓を調べるあいだに、部屋の全周を確認してくれたらしい。

これでロディス皇子たちが踏み込む直前に、第三者が何がしかの工作をした可能性も薄くなった。密室というと語弊があるが、この閉じられた部屋の中で、皇帝陛下は自ら命を絶つ決意をしたことになる。

「そういえば、皇帝陛下がお使いになった短剣はどちらに？」

遺体は確認したが、使用された刃物はまだ実物を見ていない。

訊ねると、ロディス皇子は寝台横の小卓に置かれた布の包みを手に取った。

「これだ。念のため、直には触れずにおいてある」

「……拝見します」

慎重に受け取って、包みをほどく。すると布の隙間から、血に汚れた小振りな刀身がするりと姿を現した。

「小さいですね。調理用の刃物でしょうか」

「まだ確認は取れていないが、おそらく三日ほど前、陛下の食事を切り分ける際に部屋に持ち込まれたものだろうと侍従たちは話している」

「それが真実なら、皇帝陛下は三日前から自害を企てていた、ということになりますね」

でなければ、わざわざ人目を盗んでこんな刃物を隠し持つはずがない。もし後ろめたい理由がなければ、近侍たちに命じて短剣を用意させればいいのだから。

「皇帝陛下は、この短剣を自分の首に突きつけた状態で立っていたのですよね」

「ああ。柄を両手で握り、刃の切っ先を自分の首筋に当てる形でな。……確実な方法だ」

「確実？」

ロディス皇子の呟きに首を捻ると、隣でアドラスさんが補足してくれた。

「首筋の表層近くに動脈が走っているだろう。この動脈を切ってしまえば、まあ大抵の人間は出血で死ぬ」

それは知っていた。だからこそ首は、人体の急所の一つに挙げられるのだ。

「だが意外と首の血管を狙うのは難しい。長剣で思い切り相手の首を切りつけてやれば簡単に血管も切れるだろうが、素人が短剣のような小さな武器で一度や二度切りつけた程度では傷が浅く、すぐには致命傷にならないことが多いんだ」

と言いながら、アドラスさんは自分の指を刃に見立て、首を横切りにする素振りを見せる。確かに言われてみれば、短剣で首を深く切りつけるのは難しいように思われた。相手が自分自身なら、なおさらである。

「だから慣れている人間は、短剣を切るのではなく刺して使う。刃渡りの小さな武器であっても刃を深く突き立てれば、一度の攻撃でほぼ確実に動脈を貫くことができるからな」

「それでロディス殿下は、〝確実〟だとおっしゃったのですね……」

言いながら、背筋に冷たいものが走る。この鋭利な切っ先を己の肌にひたと当て、深く食い込ませる感触を思うと、手が震えそうになった。

よほどの覚悟がなければ、この恐ろしい行いを成し遂げることはできないだろう。

「……でも」

ふとそこで、疑問がぽろりとこぼれ落ちた。

「皇帝陛下はなぜ、自害するのにこの短剣を選んだのでしょう」

「自分自身で手に入れられる刃物が、これくらいしかなかったからじゃないか」

「そうではありません。なぜ、自害の方法に短剣を選んだのかが分からないのです」

どうしてそんなことを気にするのかと不思議そうにしながらも、アドラスさんは「そうだな」と腕を組んで考える。

「他に死ぬ方法がなかったからではないか？　病で大して動けず、この部屋にこもりきりなら道具など手に入らなかっただろうし……」

「手立てならありました。たとえば、この部屋の窓の下は崖となっています。そこから飛び降りれば、短剣なんて使用せずとも大体の方は命を落とすことができるでしょう」

みながはっとして、閉じられた窓へと目をやる。硝子窓は己の存在を誇示するかのように、薄暗い部屋に西日を差し込ませていた。

「この部屋の主人である皇帝陛下が、窓の存在に気づかなかったとは思えません。どうして近くにより簡便な方法があったのに、皇帝陛下はそちらを選ばなかったのでしょうか」

「高所が苦手だったからじゃないのか」

存外否定もできない意見がアドラスさんから飛んでくる。またクロイネル皇子が嚙みついてくるのではとひやりとしたが、幸いそれより早くロディス皇子が「高所が苦手だと聞いたことはない」とかぶりを振った。

「それに、わざわざ自害の直前に宮中にいる候補者を呼び寄せた理由も分かりません。確実に死にたいならば、まず人払いをして、誰にも邪魔をされない状況を用意すべきでした」

もし傷が浅かったら、駆けつけた皇子皇女たちによって救命される可能性だってあったのだ。己の首に刃を突き立てられるほど強い意志のあった人が、なぜそんな非合理的な真似をしたのか理解できない。

「これだと、まるで皇帝陛下はわざと……でも……」

ふとある考えが思い浮かぶ。けれども口にするのが憚られて言い淀んでいると、鈴を転がすような声が割り込んできた。

「まるで、『皇帝陛下はわざと候補者たちに、自害の瞬間を目撃させた』みたいね？」

濁しかけたはずの推察を、強引に引き摺り出される。驚いて顔を上げると、レーゼ皇女が変わらず艶やかに笑みを浮かべていた。

「は……はい、そうなのですが……」

「なるほど。そうなると、お兄様方が聞いた呻き声というのも皇帝陛下がわざと出したものだったのかもしれないわね。声をあげれば心配した誰かが、部屋に入ってくるはずだもの。

ああでも、聖女様がおっしゃる通り、死ぬのに短剣を使用した理由が分からないわ。目の前で自害を見せつけたいなら、お兄様方が部屋に入った瞬間を見計らって窓から飛び降りればよいのだし。お父様は、何をお考えだったのかしら？」

まるで私の考えを読み取ったかのように、レーゼ皇女はつらつらと仮説を披露する。

「どうかしら、聖女様？」と意見を求めてくる彼女の瞳には、油断ならぬ光が宿っていた。

「そんなの、分かりきっている」

そこで横から、クロイネル皇子の声が強引に割り込んでくる。致し方なさそうに両肩をすくめる仕草とは裏腹に、皇子は得意げに語り出した。

「皇帝陛下はある理由で自死を選ぶことにした。そこだけは認めよう。だが陛下は思慮深いお方。ご自身が自害された後の影響を考えないわけがない。だから短剣での自害をお選びになったのだ」

「……と、おっしゃいますと？」

「もし陛下が窓から飛び降りれば、ご遺体の損壊は免れまい。だがそれでは、葬儀の際に陛下のご遺体を隠さねばならなくなるし、勘のいい連中からは何か事情があるのだと、あれこれ噂を流される恐れがあるだろう。そうした事態を憂慮されて、陛下はなるべくご遺体に傷がつきにくい死に方を選んだのだと考えられる！」

「それなら、もっと体に傷がつかない死に方を選択するのではないでしょうか」

揚々とした語りが止まったところで指摘すると、クロイネル皇子はきょとんとして目を瞬かせた。

「傷がつかない死に方というのは……」と熱の失せた声で問い返してくる。

「たとえば縊首――首を吊る方法があります。もちろんそれでも頸部に跡は残りますが、白粉で十分ごまかせるはずです」

「しかしそれには紐が必要で」

「少々手間がかかりますが、衣服や寝具を紐の代わりに用いることは可能です」

「あ」

「それに殿下のお話では、皇帝陛下がなぜ候補者の方々を部屋にお呼びになったのかが説明できません。自分の死が自死であると証明するなら、自害する際に遺書を残せばよいだけの話ですし……」

そう遺書。結局のところ遺書なのだ。

皇帝陛下が遺書さえ残してくれたなら、私たちがあれこれ仮説を並べる必要もなかったのに。なぜ死の理由も遺志も残さぬまま、陛下はこの世を去ってしまわれたのだろう。それとも遺書を、どこか目につきにくい場所に隠したのだろうか。何のために？

再び思考に耽っていると、突然、甘く囁く声が耳朶を撫でた。

「聖女様は、ご自身の役目にとても真摯な方なのね」

驚いて顔を上げると、いつの間にか吐息が触れるほどすぐ近くに、レーゼ皇女の美しい顔がある。いつの間にか、距離を詰められていたらしい。

皇女はいたずらっぽく笑うと、私に聞こえるくらいの小さな声で耳打ちする。

「だけど、少しはご自身の立場を考えた方がいいわ。求められるがままに応じていては、いつか便利なだけの道具に成り下がってよ」

道具。

なぜかその言葉にどきりとした。

「あの。それはどういう――」

「失礼します！」

口を開きかけたところで、部屋の扉がばん、と勢いよく開かれた。

「ロディス殿下！　マリウス大司教が到着しちゃいました！」

扉の隙間から転がるように現れたのは、まだ年若い貴族青年。この軽薄だがどこか憎めぬ語り口調には、聞き覚えがある。

「すぐそこまで来ています。もう本人カンカンですよ。誰から聞いたのか、皇帝陛下の自死のことまで知っているようで」

　肩の上で揺れる金髪に、真白く整った顔立ち。いかにも放蕩貴族然としたこの青年は、帝国議会監察官にしてロディス第一皇子の腹心、ベルタ・ベイルーシュ卿という。

　焦る部下の姿を前に、ロディス皇子は珍しく苛立ちを顔に滲ませ舌打ちをした。

「もう嗅ぎつけたか」

「議会の上層部も揃ったそうです。これ以上の足止めはちょっとまず――うおっと」

「失礼する！」

　ベルタさんの細い体を横に押し退けて、のしのしと一人の老人が部屋に踏み入ってくる。

　気難しげな太い眉に、乱れのない黒の法衣。いかにも聖職者然とした老人は、血塗れのロディス皇子と床の血痕を認めると、しわだらけの顔を強ばらせた。

「……ロディス殿下。陛下はどちらですか」

「寝台の上に」

　ロディス皇子は寝台を指し示す。すると老人はさっと駆け寄って、皇帝陛下の遺体を目にするなりその場に膝をついた。

「ああ、皇帝陛下。本当にご自害されたとは――なんと、おいたわしや」

　そして嘆きの声と共に、その場で祈りを捧げる。暗く死に満ちた室内に、掠れた老人の声が響いた。

――会話の流れからして、この老人がマリウス大司教なのだろう。確かマリウスとは、この帝都一帯を含むパラディス教区総監督の名前。つまり彼は、帝国内でもかなり高位の聖職者というわけだ。

本来ならば、亡くなった皇帝陛下の枕辺に誰より先に駆けつけるべき人なのだけど……

「なぜ私をすぐにお呼びにならなかったのですか、ロディス殿下」

祈りを終えると、マリウス大司教は立ち上がってロディス皇子を睨み据えた。どうもロディス皇子は、わざと大司教に皇帝陛下の死を知らせなかったらしい。

「皇帝陛下のご逝去を見届け、候補者の方々を招集するのは本来私の役目であるはず。それを邪魔するとは、帝国に叛意ありと思われても仕方のない行為ですぞ。なぜこのような真似をなさったのか、ご説明いただきたい！」

「申し訳ない。気が動転して、あなたに使いを出すのを失念していた」

岩を叩いて鳴らしたかのような、感情のこもらぬ謝罪がロディス皇子の口から飛び出る。あまりに雑な弁解に、マリウス大司教はしばらく次の言葉が思い浮かばぬようだった。

「――そ、そんな見え透いた嘘をおっしゃいますな」

「嘘ではない。皇帝陛下が目の前でご自害され、死にゆく様に立ち会ったのだ。混乱するなという方が無理な話だろう」

もっともな主張ではあるが、説得力が皆無だった。だがロディス皇子が目の前で実父を喪ったのは紛れもない事実。それを否定するわけにもいかないようで、大司教は狼狽えるように視線を迷わせたのち、はっと私に気づいて目を大きく見開いた。

「その娘――いや、そちらの女性は、アウレスタの聖女ではないですか！　なぜ他国の人間がここにいるのです！」

異端を告発するかのごとく、声高らかに糾弾される。自分がいるべき場所に、他組織の小娘が当たり前のように立っていたのだ。彼が気を昂らせるのも無理からぬ話だろう。

「アドラスと共にいたのでご同行いただいたのだ。物見の聖女が特異な力をお持ちであることは、マリウス大司教もよくご存知だろう」

「それで皇帝陛下のご遺体を晒したと？　勝手なことを。皇帝陛下がお亡くなりになられた場合、次代皇帝即位まであらゆる国事の権は議会に移譲されると帝国憲章で定められております。殿下にこの場を差配する権限はないのです！」

「俺はただ、皇帝陛下の霊から話を聞ければいいと考えただけだ。結局、いらっしゃらなかったようだが」

大司教の激しい糾弾を、ロディス皇子はそしらぬ顔で受け流していく。その度に大司教の顔は、心配になるほど真っ赤に染まっていった。

「もうよい。とにかくこれより、皇帝陛下のご遺体は葬儀の施主たる私が責任を持ってお預かりします」

この場を仕切るように、大司教は強く言い放った。

「速やかにご遺体を浄め、然るべき処置を施さねば。首の傷も葬儀までに目立たぬようにいたしましょう」

ご遺体を、浄める？　それは聞き捨てならなかった。

「お待ちください。もしや陛下のご遺体に、手を加えるおつもりですか」

黙っているべきなのに、つい声が出てしまう。途端にぬらぬらと敵意に燃える瞳が、こちらへと向けられた。

「それで聖女殿に、何か不都合でも？」

「いいえ。ただ、ご遺体への処置はお待ちいただきたくて――」

「口出しはご遠慮いただこう。ここはエデルハイド帝国。そして皇帝陛下は、帝国教会の信徒。アウレスタの人間にとやかく言われる筋合いはないのです」

「ですが皇帝陛下の死には、不可解な点が多いのです。陛下の御霊を正しくお慰めするためにも、どうかご遺体を浄める前に、傷を検め毒や魔術の痕跡がないかお調べください」

精一杯の威厳を保って、静かに腰を折る。

私が下手に出たことに、虚をつかれたのだろうか。大司教は束の間静止して、その後大きく鼻を鳴らした。

「ご、ご指摘いただかずとも重々承知しております。それについては、帝国議会が選定した調査官と相談いたしましょう」

大司教は入り口近くに控えていた修道士たちに目配せする。修道士たちはそそくさと簡素な棺を部屋に運び入れると、皇帝陛下の体へと手を伸ばした。

……どうしてロディス皇子がマリウス大司教への連絡を滞らせたのか、その理由がやっと分かった。

自害は『神より給いし命を自ら奪う行為』として、多くの人から忌避されている。敬虔な聖職者なら尚更のことだ。もし大司教らが早々にこの部屋へとたどり着いていたなら、皇帝陛下の、ひいては帝国皇室の名誉を守らんとして、自害の痕跡を抹消しようとしただろう。

ロディス皇子はそれを阻止しようとしたのだ。

できることなら、私も真実が知りたい。ただこれ以上、異国人という立場で口出しできるはずもなく、私は黙って国王陛下の体が棺に納められていくのを見守った。

その瞬間のことだった。

「え……」

部屋の片隅で、青白い光の粒がぽつぽつと泡立つように視界の中を立ちのぼった。

それは私にしか視えぬ、魔力の光。光は意思でも持つかのように、一つ一つ重なり合って、やがて人のかたちを成していく。

突如起きた魔力現象に言葉を失っていると、私の異変に気づいたアドラスさんが気遣わしげに声をかけてきた。

「ヴィー？　どうかしたか」

「魔力の光が視えます」

私が放った一言で、部屋中が凍りついた。修道士たちなど、危うく皇帝陛下の体を取り落としそうになる。みな私の視線の先を辿って、何も視えないはずの虚空を注視した。

――光から現れ出たのは、初老の男性だった。

切り揃えられた銀髪に、口元を覆う豊かな髭。鼻筋の通った顔立ちは端整で、横顔には気品が宿る。

しかし背中は老爺のように折れ曲がり、瞳の色はどろりと濁っていた。口元からは鮮血が垂れ落ちて、口髭を瞬く間に濡らしていく。その姿からはおよそ生気を感じられず、この人物が命を持たぬ存在であることは、容易に察することができてしまった。

だが何より重要なのは、この亡霊の正体である。

「皇帝、陛下……？」

確かにその亡霊は、遺体より若々しいがレオニス皇帝陛下だった。かつて目にした肖像画と同じ姿をしている。

皇帝陛下の亡霊はのったりと棺に歩み寄ると、脱ぎ捨てたばかりの皮でも見つめるように、自身の遺体をじいっと見下ろした。

私の視線の意味を悟ってか、はたまた異質な気配を感じたのか、修道士たちは後ずさるようにして棺から体を離す。

『……ま……は、だ……』

亡霊は右手で遺体を指差すと、何か言ったようだった。木枯らしに似たその声は、かなり細く掠れて聞きづらい。

『お……は、だれ、だ……』

「お前は、誰だ……？」

と言っているように聞こえて、声に出してみる。すると亡霊は引き寄せられるように顔を持ち上げて、まっすぐに私を見た。

『ふれる、な……』

何かを訴えるように、眼球がこぼれ落ちんかぎりに目を見開き、亡霊は声を振り絞る。

『ふれ……なら……ぬ』

そして最後に警告めいた言葉を残すと、その姿は再び淡い光となって、宙に溶けゆくように消えてしまったのだった。

結局その後、皇帝陛下の遺体はマリウス大司教の指示でパラディィス大聖堂へと移された。葬儀は四日後。事情を鑑（かんが）みて、帝国皇族とごく一部の関係者のみで行われるらしい。

候補者たちは状況聴取のため宮殿内廷部に留まることになり、部外者である私はベルタさんに運び出されるようにして寝所を後にした。

連れて行かれたのは宮殿外郭の一室。ベルタさんが帝国議会監察官として宛てがわれている執務室だという。どんな絢爛華美な装飾が施されているのかと思いきや、意外にも室内には文机や椅子など必要最低限の家具があるのみで、あとの隙間は全て書物で埋まっていた。

「いやあ、大変だったよ。ただでさえ継承選の準備で大忙しなのに、まさか皇帝陛下があんな亡くなり方をするなんてね」

ベルタさんは私に着席を勧めながら、自身も倒れるように腰掛ける。そんな彼の顔は、確かに一ヶ月前と比べてげっそりと頬がこけていた。

「ヴィーちゃんもお疲れさま。巻き込んじゃってごめんね。こっちも色々あってさ」

「色々……ですか」

先刻のベルタさんの姿を思い出す。マリウス大司教の到着にひどく慌てていた様子から、彼が何をしていたのかはおおかた予想できた。

「ベルタさんは、ロディス皇子に命じられてマリウス大司教に皇帝陛下薨去の情報が渡らないよう手配していらしたのですよね」

「え、あ、いやあ。……まあね」

ベルタさんは声を裏返らせたのち、ばつが悪そうに頬をかく。だがさして抵抗することもなく白状した。

「ここでいつも通り仕事をしていたら、突然皇帝陛下の寝室に呼び出されて、血塗れのロディス殿下から『皇帝陛下が自害された。教会に悟られないよう今すぐ候補者を招集しろ』なんて無茶な命令が飛んできたんだよ。で、仕方がないから侍従たちを巻き込んで、情報統制しつつアドラス君たちを集めたわけ」

結局ばれちゃったんだけどねぇ、と体を伸ばしながらベルタさんは言う。

「それなのに、皇帝陛下が自害したって情報までマリウス大司教に流れていたから、近侍か侍医の誰かが教会に情報を流したんだろうね」

彼らの選択が正しいものであったのか、私には判断しかねる。

でもマリウス大司教の頑なな態度を見ると、ロディス皇子が彼を遠ざけようとした気持ちが理解できなくもなかった。

「ですが、マリウス大司教はどうしてあれほど敵意を剝き出しにされていたのでしょう。単に爪弾きにされたにしては、ずいぶんご立腹のようでしたが」

「それには深い訳があるんだよ」

打ち明け話でもするかのように、ベルタさんは声を低くした。

「ほら、一ヶ月前のアドラスくんの事件で、聖職者とアルノーズ侯爵の癒着が明らかになっちゃっただろ？　あれを機に、ロディス殿下とレーゼ様が貴族と関わりのある聖職者を徹底的に調べて吊し上げてね」

意外な名前が出てきたものだ。あの妖しく美しい姫君が、ロディス皇子と二人して聖職者の汚職を暴くなんて、いまいち想像できない。

だがあの人に、こちらの心を見透かすような得体の知れぬ空恐ろしさがあったのも事実であった。

「あれ、知らなかったかい？　レーゼ様は昔から、ロディス殿下と共闘関係にあるんだよ。と言うより、自分がさっさと権力闘争から離れたいからって、レーゼ様がロディス殿下を皇帝にしようとしているだけなんだけど。

……で、二人が教会の埃を叩きまくった結果、帝国教会はかつてないほど権威を失ってしまった。今回帝国がアウレスタに継承選の立会人をお願いしたのも、『教会を信用できない以上、継承選には信用できる第三者の立ち会いが必要ですわ』なんてレーゼ皇女が言い出したからなんだ」

自分が引き受けた役割の裏に、レーゼ皇女がそこまで絡んでいたとは知らなかった。

そうした背景があるならば、彼女の妙に親しげな態度にも納得がいく。

「まあ、マリウス大司教は面白くないよね。教会の信用をどん底にまで落とされた挙句、自分が執り行うはずだった継承選にも始まる前からケチをつけられちゃったわけだから」

「それでマリウス大司教は、ロディス殿下に対して批判的だったのですか」

さらに言えば、私に対しても過剰なほど刺々しかった。彼の目には、私が教会の役目を奪う悪しき神殿の手先に見えていたのだろう。

「そういうこと。けど帝国憲章では『皇帝が死去した場合、パラディス教区大司教が施主となって葬儀を執り行うこと』と定められている。つまり次の皇帝が決まるまで、死んだ皇帝陛下の身体をどうするかは大司教次第なんだよ」

「だから私を呼んだのですね」

裏に隠された事情を繋ぎ合わせて、やっと結論に至る。

ベルタさんはきょとんとした表情を作るが、その顔に気まずげな色が一瞬宿るのを私は見逃さなかった。

「マリウス大司教に皇帝陛下のご遺体の痕跡を消させないため、私をあの場に呼んだのでしょう。外部の人間である私がいたなら、大司教も陛下の自害をなかったことにはできませんから」

皇帝陛下の死が不自然であることなど、ロディス皇子ははじめから分かっていたのだ。だからこそ、彼は陛下のご遺体を守ることが必要だと考え、大司教を牽制するために私をあの場に召喚したのだろう。

私があの部屋で口にした疑問の数々だって、少し考えれば誰でも到達できる程度のものでしかなかった。あの場で私に求められていたのは、私の能力ではなく〝聖女〟という立場だったのだ。

「ええと。ヴィーちゃん、もしかして怒っているかい……？」

考え込んで押し黙る私の顔を、ベルタさんがこわごわと覗き込んでくる。

……私は、怒っているのだろうか？

自分の胸に訊ねてみて、それから小さくかぶりを振った。

「いいえ。結果的に皇帝陛下の霊とお会いすることもできましたし、あの場に立ち会えてよかったと思います」

皇帝陛下が遺した言葉の意味は理解できなかったけど、それを遺族たちに伝えることができたのは何よりだった。

ただ、自分の聖女という立場が、自分の与り知らぬ場所で利用されていたという事実に胸がざわつく。それに気づけずにいた自分にも嫌気がさした。

アウレスタの聖女は、誰にも利用されることのない、中立な存在でなければならないのに。

『求められるがままに応じていては、いつか便利なだけの道具に成り下がってよ』

レーゼ皇女の言葉の意味が、今になって重々しく胸に響いた。彼女は私に、ささやかな警告を発していたのだ。

「……それにしても、ロディス殿下は大丈夫なのですか。いくら真相解明のためとはいえ、マリウス大司教とあんなに対立しては、継承選にも影響が出てしまうでしょう」

気まずい空気を押し流すべく、話題を切り替える。いつまでも自分の未熟さを嘆くわけにはいかないのだ。

「それについては心配ご無用だよ」

ベルタさんはほっとしたように笑みを漏らして、椅子に深く腰掛け直した。

「実は今回の継承選、すでに殿下の引き分け以上が決まっているんだ」

「引き分け、以上？」

「ヴィーちゃんは当日、継承選の立会人をするわけだからね。ちょっと現在の候補者勢力図を解説してあげよう」

机の端から紙とペンを引き寄せて、ベルタさんは候補者たちの名を継承位順に書いていく。意外なことに、彼の書く字は優美で整っていた。

「まず継承選が、十人の候補者のみで行われる選挙だってことは知っているね？」

「はい。自分以外の候補者に投票をして、最多得票者が皇帝に選ばれると以前聞きました」

「そうそう。そして継承選が始まる前から、自分の投票先を表明している候補者が複数名いるんだけど……」

「アドラスさんがそうだとお聞きしました」

「その通り。そして現在、ロディス殿下には第一皇女レーゼ様と第二皇女エレノア様、そしてアドラスくんが支持を表明している。つまりこの四人がロディス陣営ってわけだ」

四人の名前が円で囲まれる。アドラスさんが〝陣営〟という言葉の中に含まれることに複雑な思いを抱きながら、私は先を促した。

「レーゼ殿下はともかく、エレノア殿下までロディス殿下を支持されていらっしゃるのですか」

エレノア皇女といえば、皇帝陛下自害を目撃した四人のうちの一人である。彼女とロディス皇子という組み合わせも、なかなか意外だった。

「エレノア様はもともとはガチガチの保守派で、熱心な帝国教会信徒でもあったんだけどね。一ヶ月前の事件をきっかけに、改革派であるロディス殿下の支持を表明されたんだよ」

あの事件が、継承選にそんな影響を及ぼしているとは知らなかった。また一つ、自分の無自覚な行いを指摘されたような気になってくる。

「それで残りの候補者六人についてだけど、まず第二皇子クロイネルには第五皇子シメオンがほぼ確実に投票することが決まっている。クロイネル皇子がどこに投票するかは分からないけど、とにかくこの二人は同じ陣営と考えていいね」

二人の名前が新たな円で囲まれる。クロイネル皇子の名前を目にして、巻き毛で気位の高そうな青年の顔が思い浮かんだ。

「このお二人には、どういった繋がりがあるのですか」

「シメオン皇子の母親は、クロイネル皇子の母アラーナ妃の侍女だったんだよ」

「侍女？　それがどうして投票に繋がるのです」

理解できずにいると、ベルタさんは「ああ、えっとね」と言葉を選ぶように目を泳がせた。

「端的に言っちゃうと、アラーナ妃は息子の票を確保するために、言いなりになる自分の腹心に皇帝陛下の子を産ませたんだ」

「それは――」

口を開きかけるも、その複雑な事情を的確に形容する言葉を私は持ち合わせていなかった。しばらく考えて、結局「すごい話ですね」とひねりのない台詞を口にする。

この国では継承権を持てるのは十人の皇子皇女のみ。その限られた椅子を巡って様々な駆け引きや争いが繰り広げられてきたという事実は、嫌というほどよく知っている。けれど、我が子を皇帝にするため他の女性の胎すら利用する人までいるなんて、想像だにしていなかった。

「……話が脱線しちゃったね。とにかく、こうした事情でクロイネル皇子とシメオン皇子の二人が同陣営ってわけだ。で、その次に問題になるのが第三皇女フレスカと第四皇女ビアンカなんだけど、この二人がどういう関係かは分かるかい？」

「確かそのお二人は、双子でいらっしゃいましたね」

先ほども、皇帝陛下の寝所で同じ顔をした皇女たちを見かけた。直接言葉は交わさなかったものの、鏡写しのように顔を寄せ合う二人の姿は、強烈な印象に残っている。

「その通り。あの双子姉妹が生まれた時も、宮殿は大騒ぎだったらしいよ。たった一度の出産で、継承権の枠を二つも獲得しちゃったわけだから。当然彼女たちも、相互に投票して玉座を狙うことだろう。──というわけで、仮にこの二人を双子陣営とする」

双子たちの名前も円で囲まれる。

ロディス陣営四人、クロイネル陣営二人、双子陣営二人。これで十人の候補者のうち、特定の陣営に属さないのはあと二人となった。

「残りの第三皇子ハルバートと第四皇子レイナルドはどう出るかまだ不明。でもこれで分かったろ？」

「はい。クロイネル陣営と双子陣営が対立する限り、両陣営の候補者が三票以上得票することは不可能……というわけですね」

ロディス皇子はアドラスさんとレーゼ皇女、エレノア皇女の三票を確保している。対してクロイネル皇子も双子たちも、今のところ確実な票は一票のみ。そしてどこの陣営にも属さぬ人が二人しかいない以上、彼らは三票以上を集めることができないのだ。

「そういうこと。まあ第三皇子と第四皇子もロディス殿下に傾きかけているだろうし、殿下の即位はほぼ確実だね。継承選なんて茶番みたいなものさ」

それより即位した後のことの方が大変なのだと、ベルタさんは語る。

「帝国議会も、重鎮のアルノーズが消えたせいで今じゃガタガタ。誰もが次のアルノーズの座を狙って、互いに牽制し合っている始末。そんな連中のお尻を叩いて、ロディス殿下はこの国を建て直さなきゃならないんだよ。それなのに、まさか皇帝陛下が自害されるとはねぇ」

堆く積み上がる問題を見上げるように、ベルタさんは目を細めた。

この人にとって、継承選はあくまで通過点。本当に処理すべき問題は、その先にあると考えているようだ。

きっとそれが、正しい考え方なのだろう。けれども私は、嫌な予感を拭いきることができなかった。


その後、皇帝陛下の葬儀は宣言通り四日後に行われた。

遺体は入念な精査ののちに防腐処理を施され、現在は大聖堂地下の霊廟に安置されているという。やはり首の刺し傷以外に外傷や毒物の痕跡はなく、自害で間違いなしとの結論が下されたらしい。

ただ、どこを探しても遺書だけが見つからなかった。遺書どころか日記も、あるいは遺言の痕跡すらもなかったという。

結局、皇帝陛下自害の理由だけが不透明なまま、私は継承選の日を迎えることになるのだった。

# 第二話

アウレスタで生まれ育った私にとって、真白い円柱が連なる神殿と、その足元にひっそり広がる小さな町並み、彼方まで広がる深緑の森が世界のすべてだった。

だからこの帝都パラディスに足を踏み入れてからしばらくは、目にする光景にいちいち驚いたものだ。

木がない。土がない。地面には滑らかな石畳がどこまでも敷き詰められ、その上には巨大な建造物がひしめき合っている。危険な魔獣が家畜を襲うこともなく、夕暮れ時になると家々の窓から魔力灯の明かりがこぼれ、海上に浮かぶ街並みを宝玉のように照らしていた。

だが何より驚かされたのは、神殿と教会建築の違いである。

「ほぅ……」

――継承選当日。

パラディス大聖堂のファサード正面に立つと、口からひとりでにため息がこぼれ出た。

槍の穂先を掲げるように、天に突き立つ巨大な双塔。その外壁を飾るのは、石で編まれたレースのごとき、精緻で優美な彫刻の数々。正面入り口の上列には見事な聖人たちの像が立ち並び、こちらを厳かな面持ちで見下ろしていた。

まさに、息をするのも忘れるほどの威容である。

これからこの場所で、次代帝国皇帝を選出する儀が行われるのだ。

「ヴィクトリア様、どうかされましたか」

ぼうっとしていると、案内役の聖職者が声をかけてくる。三十半ばを過ぎた穏やかな風貌のこの人物は、この大聖堂を擁するパラディス修道院のミュラー修道院長だ。

「大聖堂があまりに立派で驚いておりました」

と実に田舎者らしい感想を白状したところ、修道院長は「光栄です」と顔を綻ばせた。

「聖堂の中も、大変素晴らしいですよ。ただし一度中に入れば、継承選期間中は機密保持のため、聖堂を含む修道院敷地の内外を自由に行き来できなくなります。どうぞご注意を」

示された大聖堂の門は大きく開け放たれていた。

ぽっかりと闇が口を広げたような入り口を一歩くぐり抜けると、陽光から切り離された薄暗い空間に辿り着く。

まだ日中なのに、どうしてこんなに暗いのだろう――と目を凝らして、私はしばし絶句した。

パラディス大聖堂の中は、竜の巣を切り出したように広大だった。

中央を走るのは、なめらかな艶をまとう大理石の身廊。その左右を巨柱が織りなすアーチが連なり、壁や柱のそこかしこには天使や女神の姿が彫り込まれている。頭上を見やれば天井一面のステンドグラスが極彩色の光を放ち、静謐な闇を鮮やかに彩っていた。

めまいがするほど、壮麗な光景である。

「ヴィー、来たか」

「アドラスさん」

身廊の中央にはすでに候補者や付き人たちの姿があり、その中からアドラスさんがひょこりと顔を出した。今日は髪をきっぱりと整えられ、礼服に身を包んでいる。見目麗しき候補者たちの中にあっても、ひときわ輝く美青年ぶりだ。

この人は、たまに大きく化ける。

「素敵なお召し物ですね。よく似合っていらっしゃいます」

いつもながら口下手な私は、彼の変身ぶりを上手く誉められなかった。それでもアドラスさんは、「そうか？」と照れ臭そうに頰を掻いた。

「せめて継承選にはまともな格好をしていけと、宮殿の侍従たちに無理やり着せられたんだ。生地は悪くないが、これじゃあ窮屈すぎて剣もまともに振れん」

「継承選で剣を振る馬鹿がどこにいるっていうんですか。きつくて動けないくらいが、アドラス様にはちょうどいいんですよ」

アドラスさんの背後から、お小言交じりにリコくんも姿を現した。そんな彼も今日は上等な服を着せられて、貴族の小姓のようないでたちである。

「リコくんも来たんですね」

気心の知れた人が多いのはありがたい。私の頰はつい緩むが、リコくんは不服そうに頰を膨らませていた。

「僕は皇室の行事なんて絶対に嫌だって言ったんです。だって場違いだし、僕だけ子供だし……。だけど『アドラス君に何かあった時、世話をできるのは君しかいない！』なんてあいつに言われて、無理やりここまで連れてこられたんですよ」

〝あいつ〟というのはベルタさんのことだろう。周囲を見回すと、少し離れた側廊の陰で見知らぬ男性と話し込む、彼の姿を認めることができた。

やはりいた。大方、継承選後の段取りについて仲間と相談しているのだろう。

「まあそんなことはどうでもいいんだが」とリコくんの頭をくしゃくしゃ撫でながら、アドラスさんは声をひそめた。

「君の同僚も来ているみたいだぞ。挨拶しなくていいのか」

「え……」

アドラスさんが顎をしゃくった先には、柱の傍で一人彫像のように佇む女性の姿があった。

年の頃は三十半ば。きつく結い上げた黒髪に、棒を通したようにまっすぐな姿勢。首元はほっそりとして顎は尖り、じっと前を見据える横顔には厳格な光が宿る。そして彼女が纏うのは、私と同じ白の神官服だった。

「契の聖女、タリヤ様……」

久方ぶりに会う人の姿に、ついつい声が漏れ出てきた。

ほんの呟きほどの声を聞きつけて、タリヤ様はこちらに顔を向ける。けれども眉間に皺を深く刻むと、すぐにそっぽを向いてしまった。

「無視されました」

「嫌われているのか」

「はい、とっても」

私に敵意を抱く人を上から順に並べたならば、タリヤ様はきっと五本の指に入ることだろう。ちなみに一位は、主席聖女オルタナ様である。

だがタリヤ様は、私より遥かに実績のある聖女。あちらが私を無視できても、逆は許されない。

一つ深呼吸をすると、私はタリヤ様に歩み寄った。

「第五聖女タリヤ様、ご無沙汰しております。第八聖女ヴィクトリア、ただいま参りました。この度はタリヤ様とご一緒することができて光栄です」

深く膝を折り、精一杯の礼をする。

挨拶も当たり障りのないものにしてみたが、それでも彼女の反応は予想の数倍刺々しかった。

「一度は神殿から逃げ出したというのに、たった一つの謀を暴いた程度でもう聖女気取りですか。身の程を弁えているところがあなたの美徳でしたのに、それすら失われてしまったようですね」

――契の聖女、タリヤ・ノバレク。この方は六年前より聖女の座に名を連ねる、古代魔術の専門家である。そして比類なき毒舌の持ち主でもあった。

「それは……返す言葉もございません」

「言っておきますが、あなたが未だに聖女を名乗っていられるのは、オルタナ様のご温情と、帝国皇室からの協力要請があったからです。新皇帝がお立ちになった暁にはあなたの処遇について再度審議する予定ですので、覚悟してお待ちなさい」

久しぶりに再会したばかりだというのに、切れ味鋭い言葉の数々がタリヤ様の口から次々と流れ出てくる。反論するどころか傷つく暇もなく、私は黙って彼女の言葉を受け止めた。

「再審議とは聞き捨てならないな。また神殿はありもしない罪で彼女を裁く気か」

こちらを見守っていたはずのアドラスさんが、果敢にも前に進み出た。タリヤ様はそこで初めてアドラスさんに気付いたかのように、ゆったりと腰を折る。

「これはアドラス殿下、お久しゅうございます。ご壮健そうで何よりです」

「……ふむ？　すまない。前にお会いしたことがあったか」

「はい。二ヶ月前に、アウレスタ神殿の議場で」

空気がぴりりと凍る。

タリヤ様は二ヶ月前、神殿で行われた審問会のことを言っているのだ。

その審問会で、私は『聖女位を不当に手に入れた』という疑惑を理由に聖女位剝奪と神殿からの追放を言い渡されていた。そこに突如乱入し、並いる聖女を相手に堂々と異を唱えたのがアドラスさんなのである。

「ああ。あの時、あなたもあの場にいたのか。その節は騒がせてすまなかったな」

「ほんとうに。殿下が警備を破り、懲罰中であったその者を連れ出したせいで、その後神殿内の風紀を正すのに大変苦慮いたしました。……とは言え、こうしてご無事なお姿を拝見することができたのは何よりです」

心にもないことを読み上げるように、平坦な声でタリヤ様は言う。この方は昔から、相手を選ばぬ冷ややかな口調で見習い神官たちを震え上がらせてきたものだ。

しかしアドラスさんは過去の蛮行をちくりと責められているというのに、ちっとも意に介さないまま大真面目に頷いた。

「俺がこうして無事でいられるのは、全て聖女ヴィクトリアのお陰だ。彼女がいなければ、今頃俺は死体になっているか、どこぞの塔にでも幽閉されていたことだろう。だから聖女ヴィクトリアには本当に感謝している。彼女を連れ出すきっかけをくれたあなた方にもな」

きっと、本心を口にしているのだろう。けれどもアドラスさんの大らかな反応は、図らずも痛烈な皮肉返しになっていた。

――その瞬間、聖堂の鐘が高らかに鳴り出した。続いて、聖堂の袖廊から聖職者たちが列をなして現れる。

先頭に立ち、厳かな鐘の音を纏って祭壇上に登るのは、祭服姿のマリウス大司教。

大司教は祭壇の上に立ち、よく響く声で人々に呼びかけた。

「定刻となりました。これより継承選終了まで、大聖堂の正面扉を閉鎖し、エデルハイド新皇帝選定の儀を開始します」

獣が唸るような低い音を響かせながら、大聖堂の正面扉が閉ざされる。

かくして私たちは、暗く広大な空の中へと閉じ込められるのだった。

「継承選は、十人の候補者の皆さまで行う投票式の選挙となります。候補者の中で、得票数が最も多かった方が次代皇帝となりますので、どうぞふさわしいと思う方に投票をお願いいたします」

候補者たちが祭壇の前に集まると、マリウス大司教は継承選の細かな説明を開始した。

人々は口をつぐみ、真剣な面持ちで大司教の声に耳を傾ける。

「無記名、無効票、自分自身への投票はお控えください。投票の際には、必ず他の候補者のお名前をご記入いただくことになります。また我々が開示するのは、最多得票者のお名前のみ。誰が何票であったか、誰に投票したかなど、票の詳細は開示いたしませんのであしからず。ただし、ご自身で投票先を申告するのは構いません」

とても単純な仕組みだ。とにかく二票であろうと三票であろうと、最も多く票を得た人が次の皇帝になるという。しかもそれを選ぶのは、貴族でも国民でもなく継承権を持つ皇子皇女たちなのだ。

「同票数であった場合はどうなるのです」

と訊ねるのは第四皇子レイナルド。彼が懸念する通り、この人数なら同票という結果になる可能性も十分にあるだろう。

「その場合は翌日再投票となります。投票は一日一度のみ。継承選は最長五日間ですので、投票は五回可能ということになりますな」

「じゃあもし、五回の投票で決着がつかなかったら」

「継承選は終了。皆様は継承権を失い、新たな候補者たちが継承選を行うことになります」

緊張が高まる。誰かがごくりと固唾を呑んだ。

つまり継承選で新たな皇帝が決まらなかった場合、他の年若い皇子皇女たちが新たな候補者となってしまうのだ。

「また新皇帝選出までは、外部からの干渉を断つため聖堂および修道院の敷地一帯に、侵入を遮断する結界を展開いたします。内から外に出ることは可能ですが、出たら最後、継承選が終わるまで中に戻ることはできません。期間中に敷地の外へ出た場合、継承権放棄とみなしますのでくれぐれもご注意を」

　これには皇子皇女のみならず、立ち会いの貴族や聖職者たちも反応を示した。

　大司教が口にした規定は、そのままこの場にいる人々にも適用される。継承権など持たずとも、軽い気持ちで外に踏み出せば、結界に阻まれ二度と中に戻ることができなくなってしまうのだ。私も立会人という立場上、注意しなくてはならない。

「そして最後に。投票の結果、最多得票者が選出された場合も、投票に参加したすべての候補者の同意が得られれば再投票を行うことができます。候補者の皆さまで協力し、どうぞ良き皇帝をお選びください」

　威厳ある面持ちで説明を終えると、大司教はちら、と祭壇の端に苦々しげな視線を流した。

「では投票に移りましょう」

　向けられた敵意など気にも留めず、タリヤ様が立ち上がる。薔薇(ばら)窓の光が落ちる祭壇で、彼女の神官服が真白く際立っていた。

「私はアウレスタ神殿八聖女が一人、タリヤ・ノバレク。此度(こたび)は帝国議会の要請を受け、公正なる継承選を行うべくこちらに遣わされました」

公正なる、という部分に大司教が顔を歪めた。当然、タリヤ様は気にしない。それどころか、声高らかに人々に呼びかけた。

「本来、密かなる場所で行われるべき儀に、私のような異国の人間が立ち入ることをよく思わぬ方もいらっしゃることでしょう。異論あらば、いまこの場でお申し出ください」

その言葉が誰に向けてのものなのかは明白だった。みなこっそりと大司教の様子を窺う。

大司教は異論反論弁論など、あらゆるものが詰まった物申したげな顔をしていたが、悔しさを噛み堪えるようにぎゅっと唇を結ぶと、小さく首を横に振った。

「問題ないようですね。ではヴィクトリア、投票箱の確認を」

呆けていると、冷厳とした声が飛んできた。そうだ、私も〝立会人〟としてこの場に立っているのだ。最低限の仕事はしないと。

慌てて祭壇上に据え置かれた、投票台に歩み寄る。壺のような銀の投票箱に、紙とペン、そしてインク。いずれを手にとってまじまじと観察しても、何の異変も見当たらなかった。

「異常はありません」

「では候補者たちよ、前へ」

事務的なほど淡々と、継承選は進んでいく。まず十人の長兄たるロディス皇子が前に出た。

「ロディス・エデルハイド。あなたは誓約に従い票を投ずることを、ここに誓いますか」

「誓う」

簡潔な応答。するとタリヤ様は、囁くように詠唱を開始した。彼女を取り巻く魔力が、言葉が紡がれるごとに色濃くなっていく。

──タリヤ様は特異な能力の持ち主ではないものの、非凡なる魔術の才が評価され聖女の位に抜擢された実力者である。

特に彼女を聖女たらしめたのは、誓約術と呼ばれる古代の魔術。これは『とある契約を、対象となる人間に魔力的な強制力で以て遵守させる』という一種の洗脳である。

ただ洗脳と言っても、相手の精神をねじ伏せて、意思に反する行いを強いる非道な術ではない。何よりこの魔術に必要なのは、対象者の〝誓約に対する遵守の意思〟なのだ。

『人間の意思とは、簡単に移ろい変わりゆくものです』

まだ私が生徒として神殿学校で学んでいた頃、授業に訪れたタリヤ様はそんなことを言っていた。

『私が用いる誓約術は、そんな人間の意思を魔力によって増強し、固定することが可能となります。誓約を遵守する、という意思が半永久的に持続するのです』

『その力をお使いになって、タリヤ様はエスタマ戦争やドルネアの内乱など、数々の紛争調停の場で指導者たちに和平を締結させてきたのですよね』

憧れに目を輝かせた生徒が、堪えきれずに声を上げた。タリヤ様は誇る様子もなく、

『そうですね』と事実だけを認めた。

『ですが相手に和平条項遵守の意思がなければ、誓約術をかけることはできません。私の役目は誓いを結ばせることではなく、誓いの意思を継続させることなのです』

つまり術をかけられた指導者たちは、たとえ心変わりしたとしても和平を守り続けなければならなくなるということだ。そして今日ここにいる候補者たちも、大司教が語っていた継承選の規定に縛られることになる。

「〝意思〟を確認いたしました。固定します」

短く詠唱を終えると、タリヤ様は手を前に伸ばした。指先がトン、と皇子の額に触れた瞬間、魔力の波紋が広がり、皇子に染み入っていく。

魔力が視えない人々には、タリヤ様がロディス皇子の額に軽く触れたようにしか見えなかったことだろう。こうしてあっさり、誓約術は完了したのだった。

「誓約はなされました。では投票をどうぞ」

「……うむ」

己の意思に、変調がないか確認したのだろうか。少しだけ間を置くと、ロディス皇子は頷(うなず)いて投票台へと進んだ。迷いのない筆遣いで紙に誰かの名前を書き込み、四つ折りにして投票箱に放り込む。

タリヤ様が誓約術を開始してからロディス皇子が票を入れるまで、ほんのわずかな時間しかかからなかった。ただの選挙のような手軽さに、見守る人々は拍子抜けした様子で祭壇上を見つめている。

本来、誓約術はこれほど手軽に扱える魔術ではない。他の人間が誓約術を用いようとすれば、もっと大々的に、時間をかけて術が施されたことだろう。

だからタリヤ様による進行が、人々には味気ないものに見えてしまうのだ。

「では次の候補者は前へ」

当の本人はその場の空気などものともせず、次々と候補者たちに誓約を結ばせていく。

そうしてたった十人による投票は、あくびの暇もないほど短時間のうちに終わってしまった。

あとは、集計するのみである。

タリヤ様は投票箱に手をかけると、折り畳まれた十枚の用紙を銀盆の上に広げた。投票内容の機密保持のため、集計は彼女一人で行われる。

四つ折りの紙を開き、中の名前を確認する。読み終えたら、開いた票はたたみ直して脇に置く。

手早い動作だった。だが三票目を手にとったところで、タリヤ様の細い眉がわずかに動いた。

「……」

見守る人々は、タリヤ様からにじむ動揺を嗅ぎ取ったようだ。みな何事かと、タリヤ様を注視する。

ほんの数瞬手を止めたあと、再びタリヤ様は票の確認を進めていく。今度は彼女の手が止まることはなかった。

「……集計が終了しました」

十枚の投票用紙を残らず燭台の炎にくべてしまうと、タリヤ様は静かに言った。

「神の御前にて、新たに選ばれし次代皇帝の名をここに宣言します」

——再投票ではない。最多得票者が決まったのだ。

多くの人が、すぐさまロディス皇子に視線を注いだ。ロディス皇子は歓喜も緊張も顔に浮かべず、いつも通りの仏頂面でタリヤ様を眺めている。

タリヤ様はゆっくりと祭壇を降り、居並ぶ候補者たちへと足を進めた。

そしてロディス皇子の眼前で立ち止まる——かと思いきや、皇子の前をするりと通り過ぎていく。

「……え？」

ざわ、と人々の戸惑いがどよめきとなる。

タリヤ様が足を止めたのは、異なる候補者の前。

驚愕で凍りつくその人の前で深く膝を折ると、タリヤ様は抑揚のない声ではっきり告げるのだった。

「アドラス・フェルナンド・エデルハイド殿下。あなたが此度の次代皇帝です」

――アドラスさんが、次代皇帝？

すぐには目の前の状況を受け止めきれず、私は何度か目を瞬かせた。

けれどもタリヤ様の表情に、冗談めいた色は見えない。いやそもそも、タリヤ様はこんな場所で冗談を口にする人ではない。

誰もが唖然として、言葉を失っている。

アドラスさんも目を丸くしてタリヤ様を見下ろしていたが、やがて状況を飲み下すように息を吐くと、鋭い一瞥を候補者たちに投げつけた。

「俺に投票した馬鹿は誰だ。いますぐ名乗れ」

今にも破裂しそうな怒りを無理やり抑え込んでいるのだろう。静かな、けれども地を震わすような声だった。

しかし皇子皇女たちは探りあうように互いを見つめるばかりで、誰も声を上げようとしない。

すると背後に控えていた貴族たちが、弾かれたようにわっと前に飛び出てきた。

「こ、これは何かの間違いでしょう！　アドラス殿下は特殊な生い立ちのお方。それを知らぬ皆様ではありますまい！」

「過去には誤投票が重なって、予想もしていなかった人物が選出されたという事例もあります。こ、今回もそれなのかも」

「聖女様が票の集計を誤った、ということはありませんか。なにせ契の聖女様は、継承選の作法に疎くていらっしゃるのですし……」

「ありえません」

貴族青年の問いかけを、タリヤ様はばっさり切り捨てた。

「この私が、たかが十票の集計を違えたとおっしゃるのですか」

と逆に問い返されて、貴族青年はむぐ、と圧倒されながらも言葉を継ぐ。

「そ、それなら。アドラス殿下に何票入ったというのですか！」

「最多得票者以外の情報は開示しない、というのが継承選の規定であったと思いますが」

今度は青年が反論することはなかった。祭壇の横では、マリウス大司教が苦々しげに頭を抱え込んでいた。

「仮に集計間違いだったとしても、候補者の中に俺に投票した人間が一人はいたということになる。でなければ、タリヤ殿が俺の名前を出すはずがないからな」

アドラスさんの言う通りだ。どこにも書かれていない名前を、タリヤ様が見間違えるはずがない。万が一誤りだったとしても、アドラスさんの名前を書いた候補者が存在するという事実に変わりはないのだ。

「だがそれを名乗り出る人間が一人もいないということは――」

アドラスさんは、クロイネル皇子たちに疑念を乗せた視線を向けた。

「何か思惑があって俺に票を入れた人間がいる、ということになるな」

「もしかして私を疑っているのか？」

挑むように視線を受け止めて、クロイネル皇子は鼻を鳴らした。

「まったく、見当違いも甚だしい。どうして私が皇族の心得も備わっていないお前に貴重な票を投じなければならないのだ！」

「見当違いとも言い切れないんじゃないかな」

ベルタさんが加勢するように、アドラスさんの横に立った。いつになく深刻な面持ちで、犯人を探るように候補者たちの顔を観察する。

「なにせアドラスくん、レーゼ様、エレノア様の三人は、継承選開始前からロディス殿下への投票を宣言していたわけだからね。それなのにアドラスくんが最多得票したってことは、彼に投票した人間が少なくとも四人いるって計算になる。

四人といえば、ちょうど二つの派閥を合わせた人数になるね。ロディス殿下の即位を邪魔しようとして、その人たちが手を組んだとしても不思議じゃないのでは？」

「それって、私たちとクロイネルお兄様方が協力してアドラスに票を入れたって言いたいの？　どうして？　何のために？」

可愛らしくも敵意を孕(はら)んだ声で言うのは、双子姫の片割れである。自信はないが、ビアンカ皇女だろうか。

彼女の問いに、ベルタさんは上手(うま)く答えることができなかった。

「馬鹿みたい。根拠もないのに言いがかりはよしてよね」

ビアンカ皇女は大袈裟にため息をつく。

その隣で姉姫のフレスカ皇女が、くすくすと嘲笑を口からこぼした。

「彼も必死なのよビアンカ。ロディスお兄様が即位できないとなったら、ずっとお兄様を支援してきたベイルーシュ家の栄光が地に落ちてしまうもの」

「……ボクの家のことは関係ないでしょう」

家名を出されると、ベルタさんの表情が明らかに曇った。あまり触れられたくない話題のようだ。そんな彼を前にして、双子たちの応酬はますます勢いを増していく。

「言いがかりをつけてきたあなたがいけないのでしょう。他の誰かがアドラスに投票したかもしれないのに」

「そうよ。レーゼお姉様やエレノアお姉様が、ロディスお兄様を裏切った可能性は考えないわけ？」

「そうだわ、それかもしれないわ！　お二人のどちらかが裏切ったなら、ロディスお兄様が票数で負けた理由になるもの」

「そ、そんな！」

騒ぎをおどおどと眺めていたエレノア皇女が、大きく肩を震わせた。キョロキョロと周囲を見回して、弁明するように胸に手を当てる。

「わ、私は確かに、ロディスお兄様に票を入れました！　裏切ってなどいません！」

「すごく慌てているわ」

「怪しいわね」

「怪しいなんて。それなら、レーゼお姉様の方が……！」

「あら。わたくしの方が、何かしら」

静観していたレーゼ皇女も、名前を出されて眉を上げる。女性陣の間に一触即発の気配が漂う。

もう収拾がつかないほどの混乱ぶりだった。ここが聖堂であることもみな忘れ、それぞれ探り合い、疑り合う。

マリウス大司教は「静粛に――」と周囲に呼びかけるが相手にされず、タリヤ様は我関せずと言わんばかりにすっかり無表情となっていた。

「もういい、分かった」

怒気をはらんだ低い声で、アドラスさんが騒然とした空気を断ち切る。皇帝候補の一言に、その場の人々は口をつぐんだ。

「この際、誰が俺に投票したかなどどうでもいい。様子を見るに、本気で俺に投票した大馬鹿者はこの中にいなそうだからな」

「当然だな」とクロイネル皇子が吐き捨てる。それを聞き流して、アドラスさんはマリウス大司教に問いかけた。

「大司教。たしか投票者全員の同意が得られれば、再投票が可能だと先刻おっしゃっていたな？」

「は……はい！　その通りです」

「ならば明日、再投票をすればいい。再投票に反対する人間など、この場にいないだろう」

しん、とその場が静まった。みなあまりに予想外の展開に、再投票のことをすっかり忘れていたようで「その方法があったか」と強張る顔に安堵の色を浮かべた。

「誰だか知らんが、無効票代わりに俺の名前を書いた候補者が数名いたのだろう――と、解釈しておいてやる。こんな間抜けな事態を繰り返さないためにも、次はまともな候補者に票を入れることだな」

アドラスさんの提案に異論のある人はいないようだ。

私は心の内で、ほっと胸を撫で下ろす。

かつて私が真実を暴いたせいで、アドラスさんは故郷とこれまでの人生を捨て、帝国の皇子という道を歩むことになってしまった。そのことを考えるだけでも罪悪感で胸が張り裂けそうになるのに、今度は帝国皇帝だなんて冗談ではない。

……でもアドラスさんに票を投じた人々は、どうしてそんなことをしたのだろう。アドラスさんが言う通り、票を捨てるつもりで彼に投票した人が複数名いたということだろうか。それとも――

そこでふと、ある考えに思い至った。

「お待ちください。まだこの議論を終わりにしてはいけません」

　咄嗟に声を上げると、人々が一体何事かと顔をこちらに向ける。アドラスさんも目を丸くして私の顔を覗きこんだ。

「ヴィー、どういうことだ？」

「この投票、もしかしたら別の意図があるのかもしれません。確証がないので、あくまで可能性の話になりますが――」

　頭の中でぐるぐる巡る考えを一つ一つ言葉に変えながら、私は皇子皇女たちに向き直った。とにかく、この騒動を曖昧なまま流すことだけはできない。

「今回の継承選は、始まる前からロディス殿下の〝引き分け以上〟が確定していたそうですね。と言うのも、アドラスさんとレーゼ殿下、エレノア殿下の三名がロディス殿下への投票を宣言していたからだとか」

　私の話は公然の事実だったらしい。周囲を観察しても、貴族や聖職者たちが特に驚く様子はなかった。

「他方、残された六名の候補者のうち、クロイネル皇子とシメオン皇子、ビアンカ皇女とフレスカ皇女がそれぞれ相互投票することが決まっており、ロディス殿下以外の候補者が三票以上を獲得することはほぼ不可能な状況となっていました。……これに、間違いはありませんか」

「言いたくない」

「私もいや」

双子たちはつんと顎を反らす。クロイネル皇子たちも黙り込んで、私の出方を窺っているようだった。

「……では、仮にそうだったとして」

と強引に話を繋ぐ。

「このままではロディス陣営外の方々に〝引き分け以下〟の道筋しか残されていないことになります。ではその方々が、〝勝ち〟を狙うにはどうすればいいでしょうか」

「俺ならば、相手の票を削る」

そこではじめてロディス皇子が声をあげた。有利な状況を覆された直後だというのに、慌てた様子も怒る様子もなく、面持ちはいつものごとく冷静だった。

「自票を獲得できないならば、対立候補の票を削る以外に選択肢はないからな」

「その通りです。ロディス殿下がほぼ必勝の状況を覆すならば、殿下に投票する予定の人々に揺さぶりをかけ、票を削るしかありません。それがロディス陣営外の方々に残された〝勝ち筋〟でした」

「それで、俺を当選させたと？　だが俺を一度最多得票者にしたところで、満場一致で再投票が行われるだけで状況は変わらないだろう」

結局俺たちの投票先は変わらないのだからな、とアドラスさんは首を傾げる。だがその意見には賛同できない。

「意味はあります。アドラスさんを一度当選させることで、ロディス陣営外の方々はアドラスさんを脅迫することが可能になるのです」

「アドラス君を脅迫？」

ベルタさんは堂々と立つアドラスさんを見上げたのち、「……どうやって？」と小首を傾げた。

確かに、アドラスさんほど脅迫の二文字が似合わぬ人はいないだろう。大抵の人間は彼を脅したところで、次の瞬間強烈な一撃をお見舞いされて天を仰ぐ羽目になる。

だがかつて、東部貴族の保護と引き換えに、アルノーズ侯爵が冤罪を認めるよう迫ってきたように――

アドラスさんも〝弱味〟を突きつけられたら、抗えなくなることがある。

『再投票が始まったら、投票する前に聖堂を出ろ。さもなくば、次もお前を当選させるぞ』と脅せばいいのです」

「……なるほど」

人々が驚きに口をぽっかり開けるなか、アドラスさんは大真面目に頷いた。

「それは、屈してしまうかもしれないな」

「これは継承選開始前から、帝位をはっきりと拒絶する意思と理由があったアドラスさんにのみ通用する脅迫ですね。ただこれで、ロディス殿下に入る予定だった一票を削ることができます。そして――」

先刻の双子皇女たちの会話を思い出す。あの会話の中にも、このおかしな投票の目的が見え隠れしていた。

「投票内容の詳細が開示されないことで、ロディス陣営外の方々はこんなことも言えます。『ロディス陣営の誰かが裏切ったせいで、アドラスが当選したのではないか』と」

「それって……！」

エレノア皇女が双子姉妹を睨めつける。双子たちは不貞腐れるように、唇を尖らせたまま俯いた。

「フレスカ殿下方も先ほど似たようなことをおっしゃっていましたね。この発言だけでは票を確実に削ることはできませんが、周囲にロディス陣営の不和を示唆することが可能になります。加えて、再投票当日にアドラスさんが投票もしないまま黙って聖堂を出て行ってしまったら、事情を知らない人々は『ロディス陣営が崩壊した』と考えてしまうのではないでしょうか」

もう口を挟もうとする人はいなかった。

誰もがこの推理の先に思い至り、眉を寄せながら私の言葉の続きを待っている。

「少なくともこの方法で、ロディス殿下の〝引き分け以上は確実〟という状況を打開することが可能になります。それにどの陣営にも属さず、投票先をはっきりとさせていないハルバート殿下、レイナルド殿下の票をロディス殿下から遠ざけることだってできるかもしれません。誰だって、危うい状況を見せた相手とは距離を取りたくなるものですから」

「ではやはり、俺に投票したのは……」

「クロイネル殿下とシメオン殿下、そしてフレスカ殿下とビアンカ殿下が共謀して票を入れた可能性が高いかと。四票以上なくては、ロディス殿下に勝てませんし」

言いながら、名前を挙げた四人の様子を窺う。

シメオン皇子は額に汗を浮かせて、落ち着きなく視線を彷徨(さまよ)わせていた。クロイネル皇子は図星をつかれたように苦々しげな表情であるものの、頑として首を横に振る。

「言いがかりだな。証拠はいったいどこにある」

「……ありません。可能性の話です」

ただこの事実を明かさないまま継承選が進めば、企(たくら)みによって投票結果が左右されてしまう可能性があった。だから私は、あえて可能性を提示したのだ。

証拠がないため、これ以上の追及はできない。だがこれで、アドラスさんが不当な選択を強いられる未来はなくなった。

「いずれにせよ、これで明日(あした)は公平な投票を行うことができるはずです。ですからみなさん、再投票の承認を——」

「待ってくれ!」

突然、言葉を遮られる。

声を張り上げたのは、どこの派閥にも属さぬレイナルド皇子だった。彼は困惑をあらわにして、兄弟たちの顔を見回す。

「僕は確かに、ロディス兄上に投票した。つまり兄上は四票以上獲得しているはずだったんだ。それなのに、なぜ〝同票〟にならなかったんだ……？」

――え。

思いも寄らぬ事実が、突然ころりと姿を現す。

だが、そこから導き出される答えに辿り着くより先に、軽やかな拍手の音が聖堂内に響き渡った。

「見事だわ、聖女様。あなたの物見の力、期待以上だわ」

甘く蕩けるような声で語るのは、艶やかな金髪の美女。彼女の赤い唇は、無邪気な笑みを浮かべている。

「レーゼ殿下……？」

「クロイネルやフレスカが、このような企みごとを考えつくはずがない」

ロディス皇子が口を開く。いつも険しい横顔が、今はより一層鋭かった。

「お前が入れ知恵したのだな、レーゼ」

「ええ、そうよ」

躊躇うことなくレーゼ殿下は頷いた。堂々と語る姿には、後ろめたさなど微塵も感じられない。

「詳しいやり方を手紙にしたためて、ロディスお兄様に勝ちたいならこうしなさいと教えてあげたの。言う通りにしてくれるか心配だったけど、上手くいって本当によかったわ」

「待って！　あの手紙、差出人はレーゼお姉様だったの!?」

口をつぐんでいたビアンカ皇女が、たまらず声を荒らげた。彼女はすぐに「あ」と自分の失態に気づいたが、その時にはもう手遅れだった。

「もう、ビアンカは根が素直なんだから。そういうことは意地でもしらを切り続けないと。……でもそうよ。わたくしが手紙を送ったの」

「どうしてそんなことを……」

ビアンカ皇女は、呆然としてうわごとのように呟く。

「ロディスお兄様と、何かあったの？」

「……ふふっ」

愚直な妹の問いを聞いて、レーゼ皇女はたまらずといった様子で笑みを漏らした。

「いやね。私が本気でロディスお兄様を邪魔したいと思ったら、もっと違う方法を取るに決まっているでしょう。こんな方法では、お兄様の眉間のしわをちょっと深くするくらいしかできないわ」

「でも」

ならどうして、ロディス皇子の得票を邪魔するような真似をしたのか。

そう問いたげに、ビアンカ皇女は目をぱちくりさせる。フレスカ皇女も困惑で眉を下げながら、笑う第一皇女を見つめていた。

「もういい。これ以上はただの茶番だ！」

クロイネル皇子が激昂する。妹に体よく操られたという事実が我慢ならなかったのだろうか。彼は悔しげに唇を噛みしめると、私たちにくるりと背を向けた。

「どうせ明日の再投票で、すべて決着がつくんだ。お前がどんな気まぐれで行動していたかなど、聞きたくもない」

「あら、再投票？」

わざとらしく頬に手を置いて、レーゼ皇女は不思議そうに首を傾げる。

「嫌だわ、クロイネルお兄様。わたくし、再投票を承認するなんて一言も言っていませんけど？」

またも凍りつくような時間が訪れた。

美しき姫君の不穏な発言に、貴族も、聖職者も、候補者たちも動きを止めて愕然とする。

いまやこの場の空気は、レーゼ皇女の嫋やかな手のひらの上で転がされていた。

『上手くいって本当によかったわ』

『私が本気でロディスお兄様を邪魔したいと思ったら、もっと違う方法を取るに決まっているでしょう』

つい先ほどレーゼ皇女が口にした言葉が脳裏に響いた。言葉の端に滲む彼女の本当の目的に気づいた瞬間、全身から血の気が引いていく。

「レーゼ様。あなたの目的は、もう……」

「ええ。おかげさまで、達成されたわ」

柔らかな金髪を波打たせながら、レーゼ皇女は祭壇の上に立つ。大きな瞳(ひとみ)が人々の顔を一つ一つ映し込んで、満足そうに細められた。

「さあみなさん。これで再投票が行われるかどうかは、わたくし次第となったわ。もし再投票をお望みなら、これから話すわたくしのお願いを聞いていただきたいの。さもなくば――」

投票台の上に腰を下ろす。そして麗しき皇女は、嫣然(えんぜん)と微笑むのだった。

「アドラスが、次の皇帝になってしまうわよ？」

# 第三話

凍てついた空気のなか、まずレーゼ皇女が口にしたのは、はじめて耳にする人の名前だった。

「みなさんは、トレバー卿をご存知かしら」

レーゼ皇女の問いに、候補者たちが誰かを思い浮かべるような顔をする。ただ一人、アドラスさんだけがその名前に心当たりがないようだった。

「知らないな。何者だ、その御仁は」

「皇帝陛下の影――わかりやすく言えば、影武者ね」

ずいぶんと仰々しい単語が出てきたものである。

けれども周囲を見回してみると、候補者のみならず貴族や聖職者たちまでもが、レーゼ皇女の話をすんなりと受け入れていた。帝国皇室においては、影武者などさして珍しい存在でもないらしい。

「トレバー卿はとても優秀な影だったわ。彼は二十年前に皇帝陛下に仕えて以来、姿や振る舞いのみならず、嗜好や知識、教養まで常に陛下に合わせ、様々な場面で陛下の代わりを務めてきたの。実子であるわたくしたちより、よほど陛下に近しい存在だったのではないかしら」

「で、その人物がどうしたんだ」

「わたくし、トレバー卿からたまに情報を買っていたの。だけど……三週間前、彼から『皇帝陛下の様子がおかしい』と報告があってね」

　レーゼ皇女の二重の告白に、なに、と候補者たちが食いつくように顔を上げる。

　彼らを焦らさんばかりに長く息を継いで、皇女は低音で囁いた。

「『皇帝陛下は病に倒れられてからというもの、すっかりお人が変わられてしまった。以前は我が子に興味を示さぬ人だったのに、どうも最近は一人の候補者を熱心に調べ、時折自分のもとへ招いているようだ。陛下はその人物を、次の後継者に指名するつもりなのかもしれない』と彼は言っていたわ」

「な――……」

「ありえない！　たとえ皇帝であろうと、継承選を経ずに後継者を指名することはできないのだぞ。陛下がそれを知らないはずがない！」

　沈黙に耐えかねて、クロイネル皇子が声を荒らげた。

　きんと響く兄の叫びをやり過ごすと、レーゼ皇女は「ふぅん」としたたかな笑みを口もとに浮かべる。

「その様子だと、クロイネルお兄様は違うようね。残念だわ」

「確かにお兄様がおっしゃる通り、皇帝陛下に後継者の指名権はないわ。だけど皇帝陛下の寵愛(ちょうあい)を受けた候補者が存在したとしたら、この継承選はどうなっていたかしら」

レーゼ皇女が言わんとしていることに気がついて、候補者たちのあいだに緊張が走った。探り合うような視線が、幾重にも交差する。

「——そう。継承選の勢力図が大きく変わっていたことでしょうね。それなのに、候補者を指名しないまま陛下が自害するなんて、あまりに不自然すぎるでしょう？」

「つまりレーゼ殿下は『本当は遺書が存在した。しかし遺書は何者かによって抹消された』……とお考えなのですか」

「『皇帝陛下の意図を察知した者が、後継を表明される前に陛下を殺した』という可能性も考えているわ」

レーゼ皇女は探るような瞳をロディス皇子に向ける。対するロディス皇子は反論せず、妹の疑念を鉄面のごとき無表情で受け止めた。

「わからんな。あなたもそのトレバーとやらも、そんな情報を握りながらなぜ今日までだんまりを通した」

鋭い指摘がアドラスさんから飛ぶ。彼の言う通り、どうして継承選が始まるまで、レーゼ皇女が沈黙を貫いたのか、理由が分からない。

「そうね。色々理由はあるけれど——」

「くっ……」

皇女は息を継いだ。その僅かな時間、彼女の瞳が微かに翳った。

「この話を私に伝えたあと、トレバー卿は忽然と姿を消してしまったの」

「失踪、ということですか？」

「ええ。あらゆる手を使って探したけれど、結局彼を見つけることはできなかった。二十年間、皇帝陛下から片時も離れなかった影武者が、後継者の存在を察知したとたん行方知れずになってしまったのよ。きなくさいと思わない？」

同意を求められても、誰も答えない。

けれども彼女が言う通り、良からぬ陰謀を疑わずにはいられない話だった。

「こんな案件に、一人で手を出したら火傷をしかねないでしょう。候補者全員が容疑者である以上、ロディスお兄様を頼るわけにもいかないし。だから真相を明らかにするため、安全な手段を取らせていただいたの」

「安全だと」

「そうよ。この継承選はわたくしの同意がなければ、再投票すらできない状態。つまりわたくしを殺した瞬間、再投票は不可能となり継承選は終了となるわ」

いずこかに潜む敵に語りかけるように、レーゼ皇女は候補者たちを見回した。

「それは他の候補者たちも同じ。アドラスの再投票を行わないまま誰かが聖堂の外に出たり、死んだりすればその時点で継承選は終了となるの。だからみんな、聖堂の中では仲良くしましょうね」

つまりは継承選の結果と制度と誓約を利用して、レーゼ皇女は候補者たちをまんまとパラディス大聖堂の中に閉じ込めたということである。

あまりに大胆なやり口に、ただただ唖然とすることしかできなかった。

「それで、お前の目的はなんだ」

「もちろん、真実よ」

ロディス皇子の問いに、レーゼ皇女は瞳を輝かせた。

「わたくし、誰かの秘密を暴いたり、嘘を見破るのが大好きなの。だから皇帝陛下が亡くなってからずっと、なんだかわくわくしちゃって。どうすれば安全に、確実に真実を突き止められるか考えていたら、この方法を思いついてしまったの。

——いい方法を思いついたら、試したくなるのが人の性というものでしょう？」

まるで新たなおもちゃにはしゃぐ子供のような口振りに、人々は呆気にとられる。

ここに来て「わくわくする」という発言を聞かされるとは、誰も予想していなかったに違いない。

だが思い返せば、皇帝陛下がお亡くなりになった日も、レーゼ皇女は悲しむどころか状況を楽しむような反応を見せていた。彼女の遊戯は、あの時から始まっていたということか。

「皇帝陛下の死の真相は何か？　皇帝陛下が寵愛する候補者とは誰だったのか？　それが明かされたら、再投票を認めてあげる。だからみなさん、情報をお待ちしているわ」

蠱惑的な笑みを交えて、レーゼ皇女はそう締めくくった。

候補者たちは抗うこともできず、互いに目で探り合う。

もはや継承選は、完全にレーゼ皇女の手中に収められていた。

「そんなことのために、継承選を利用するとは愚かな！」

マリウス大司教が候補者たちのあいだにずかずかと踏み入った。レーゼ皇女の前に立つと、額を真っ赤にしながら激昂する。

「これは許されぬ行いですぞ。早く撤回すべきです！」

継承選の進行を奪われただけでなく、継承選そのものを駆け引きの道具にされてしまったのである。彼が荒ぶるのも仕方のないことかもしれない。

怒りで赤らんだ大司教の額を眺めながら、皇女はわざとらしく口元に手を置いた。

「あら。わたくしは継承選の規定に則って行動しているだけよ」

ぐ、と大司教は返答に窮する。皇女の言う通り、動機はどうであれ、彼女の行動は規定から外れぬ範囲のものでしかない。

「わたくしは、皇帝陛下の死の謎がはっきり解消されなければ継承選を続行できないと考えた。だからわたくしなりの方法で真実に迫ろうとしただけ」

「ですが。それと継承選を利用することは、別の問題で……」

「そう言えば、大司教様も度々病床の陛下を訪ねていたと聞いたわ。なら大司教様が皇帝陛下の死に関わっていた可能性も否定できないわね」

「な……！　わ、私は、皇帝陛下の告解をお伺いしていただけです！」

突然推理劇の舞台に上げられて、大司教は過剰なほど狼狽える。そんな彼の反応すら楽しむように、皇女は目を細めた。

「疑いの目を向けてみれば、案外怪しい人だらけなものね。どんな真実が転がり出てくるのか楽しみだわ」


結局その日の継承選は「もう疲れたわ」というレーゼ皇女の一声でお開きとなった。

「まだ四日あるわ。みなさん、そのあいだに皇帝陛下のことをよくお考えになってみて。皇帝陛下と会っていたという候補者も、ぜひ名乗り出てね。もし内緒の打ち明け話があるなら、いつでもわたくしの部屋においでいただいて結構よ」

まるで茶会に誘うような気軽さでそう言い残すと、レーゼ皇女はさっさと宿舎に向かって歩き出す。

他の候補者たちも互いの出方を窺いながら、一人、また一人と聖堂を後にするのだった。

その流れに逆らうようにしてアドラスさんのもとへ駆け寄ってきたのが、帝国議会の貴族たちである。

「これは由々しき事態ですぞ、アドラス殿下！」

「もしレーゼ殿下が折れないまま五日を過ぎたらどうされるおつもりか。それだけでも、今から考えておくべきかと」

「中から外に出ることはできる。誰か一人使いを出して、この件を外部で結果を待つ議会にも伝えなくては」

アドラスさんを囲みながら、アドラスさんを置き去りにして貴族たちは白熱する。その中央で遠い目をする彼が哀れになってきて、私は貴族たちの間に割って入った。

「アドラスさん。この件について、ご相談したいことがあります。少しお付き合いいただけますか」

「あ――ああ、もちろんだ。では場所を変えよう」

ぱっと顔を輝かせると、アドラスさんは貴族たちの壁を通り抜けて、私の横に並び立つ。そのまま私たちは、物言いたげな貴族たちに気付かぬふりをして、大聖堂からの脱出を果たすのだった。

「……悪夢のようだ」

アドラスさんが深々とため息を吐き出したのは、袖廊を抜けて宿舎へ繋がる廻廊へとたどり着いた時だった。

「そこまで日頃の行いは悪い方ではないと思うのだがな。神はよほど俺のことが気に入らないらしい」

大聖堂という場所柄か、らしくもない愚痴がアドラスさんの口から聞こえてくる。

日頃の行いが神々にどう評価されているのかはともかく、とびきりの災難ばかりが彼に降り掛かっているのは事実だった。

「あと四日あります。その間に情報をまとめ、レーゼ殿下が言う〝後継者〟が本当にいたのか調べましょう。皇帝陛下の死についても、もう一度情報を精査しなければ」

「だがこんな大聖堂の中に閉じ込められて、本当に皇帝陛下の死の謎が解けるものなのだろうか」

「……それは、分かりません」

この四日間でできることは限られている。しかも修道院全域を囲む結界のせいで、外部に出て情報収集をすることもできないのだ。

ただ当事者たちから話を聞くしかない状況のなか、皇帝陛下の遺書の行方を明らかにするのは至難の業であるように思われた。

「ですが、レーゼ殿下が勝算もなしにこんな大胆な真似をするとはとても思えないのです。この騒動の裏には、まだ隠された事情があるのかも」

「隠された事情、か。つまりはあの確執だらけな兄上姉上方から、とにかく情報をむしり取らねばならないということだな」

皮肉っぽく吐き捨てると、アドラスさんは「よし」と両頬を叩いた。

「なら善は急げだ。とにかく片っ端から他の候補者たちの話を聞こう」

「そうですね。私もお手伝いします。……ところで、リコくんはどこにいるのでしょう。姿が見えませんが」

きっと誰よりもアドラスさんのことを心配しているのはリコくんである。それなのに聖堂を出る時、彼の姿はどこにもなかった。

アドラスさんと違って生真面目な性格の彼だけに、何も言わずに姿を消されてしまうと心配が募る。

「そう言えば見かけないな。あいつ、先に部屋に向かったのかな」

「だといいのですが……。アドラスさんのことで、誰かに絡まれたりしていないでしょうか」

立場だけ見るならば、リコくんはアドラスさん唯一の部下である。彼を子供と侮って、情報を引き出そうとする人がいてもおかしくない。

「それはあるかもしれないな。仕方ない、少し探してみるか」

「おや二人とも、リコくんをお探しかい？」

第三の声が、突然会話に割り込んでくる。

一体誰かと振り向けば、廻廊の柱の陰からひょいと金髪の青年が姿を現した。

「なんだ、ベルタか」

「なんだとはご挨拶（あいさつ）だなあ」

ひらひらと手を振って、ベルタさんが近づいてくる。けれどもいつもの彼より覇気がなく、その足取りは風に吹かれて飛ばされそうなほどおぼつかない。

彼がここまでやつれた原因は、言わずもがなだろう。

「そちらも大変そうだな」

アドラスさんすら同情まじりの目を向ける。折れかかった枝のように、ベルタさんは力なく頷いた。

「まったくだよ。とにかくレーゼ皇女は捕まらないわエレノア皇女は部屋に籠っちゃうわマリウス大司教は怒鳴り散らすわで、さっきもちょっとした地獄を抜けてきたところさ。——で、その途中、リコくんが悪い大人たちに囲まれかけていたからボクの方で保護しておいたんだけど」

「リコを？　それは世話をかけたな。それで、あいつはどこにいる？」

アドラスさんが訊ねると、ベルタさんは廻廊の南側に見える、宿舎の屋根にちらと目をやった。

「宿舎で待たせているよ。リコくんをお迎えがてら、一緒に食事でもどうだい？　もれなくロディス殿下もついてくるけど」

「いいぞ。こちらも聞きたいことがあったしな」

アドラスさんは小さく頷く。すると無気力だったベルタさんの顔が、ぱっと色づくように華やいだ。

「よかった！　もちろん、ヴィーちゃんも来るだろう？」

「ご迷惑でなければ、ご相伴に与ります」

「迷惑なもんか。この空気で殿下と二人きりで食事するなんて、もう一種の拷問だからさ。ヴィーちゃんが一緒なら、ちゃんと料理を楽しめそうだよ」

「……お前、俺たちを呼び込むためにリコを回収したな」

アドラスさんが見透かすように言う。

「なんのことかな」とわざとらしく首を捻ると、ベルタさんは宿舎に向かってステップを踏むのだった。

ベルタさんが向かったのは四階建の宿舎最上階——候補者たちに宛てがわれた階層の、最も広い角部屋だった。

「来たか」

中に入れば両手を組んでどっしり構えたロディス皇子が、私たちをしかめ面で出迎える。さらに部屋の隅へと視線を移せば、拾ったばかりの子犬のように体を縮こめるリコくんの姿もあった。

「アドラス様！」

アドラスさんの姿を目にするなり、リコくんが目を輝かせて駆け寄ってくる。まるで救いを得たかのごとき振る舞いから、ここしばらくの彼の心労が滲んで見えるようだ。

従士の無事を確認したあと、アドラスさんは非難がましくベルタさんを睨めつける。

「ベルタ。お前、リコをロディス皇子の部屋に置いていったのか」

「仕方ないだろ。リコくんを廊下に出しておいたら、他の候補者の目につくし」

先刻の憐れみを誘う姿を脱ぎ捨てて、ベルタさんはしれっと答える。どこから取り出したのか、その手には葡萄酒の瓶があった。

「さ、食事にしよう。この最悪な状況を祝って、みんなで乾杯しようじゃないか」

ほどなくして給仕係たちが運んできたのは、目にも麗しい料理の数々だった。

焼きたてのパンに種々のチーズや果物が添えられ、中央の大皿には魚の香草焼きや蜂蜜につけた鴨のロースト、野菜と鶏肉のシチューが並ぶ。銀の杯になみなみと注がれたのはベルタさん秘蔵の葡萄酒で、口に含むと果実の芳香がふわりと広がった。

清貧を尊ぶ修道院の食事にしては、いささか――いやかなり豪華すぎる。タリヤ様が目にしたならば、思いきり顔をしかめそうなご馳走ばかりだ。

末席で身の置き所がなさそうにするリコくんに香草焼きを取り分けると、私はチーズを干し葡萄と一緒に噛みしめた。こうした罪悪感は、みなで分け合う方がよい。

「それにしても、アドラス君は面白い星の下に生まれついているねぇ」

とベルタさんが切り出したのは、皆が皿の半分をお腹の中に収めた頃のことだった。

「つい数ヶ月前は辺境領主に仕える騎士だったのに、いつの間にか帝国の皇子様になって、今度は皇帝ときた。なんだか物語の主人公みたいだね」

「まだ皇帝になったわけじゃない」

アドラスさんは切り分けた鴨を口に放り込んだ。木の皮を食むかのように、無表情で咀嚼を繰り返す。

「あと四日のあいだに、あの腹の読めないお姫様を納得させる。そうしないと困るのは、あんたたちの方だろう」

「でもアドラスくん。もし帝国皇帝になったら、どんな贅沢もしほうだいだよ」

「悪いが金銀財宝に興味はない」

「それだけじゃないさ。皇帝になれば、世界中の美女を集めて足元に侍らせることもできる。美女たちが一夜の寵愛を巡って争うさまを眺めるのは、格別な愉悦らしいよ」

なんてひどいことを言うのだろう。あまりに不埒な言い草に、食事をする手が止まってしまう。

アドラスさんも杯を置いて、凄みのある声を響かせた。

「その愉悦とやらの結果、俺と俺の母たちがどんな目に遭ったのか教えてやろうか」

「わ、悪かったよ」

気圧されたように、ベルタさんは慌てて両手を横に振る。

「アドラスくんが玉座を望んでいないことは分かっていたけど、一度真意を測っておきたかったんだ。欲に目が眩んで、思いがけない行動を取る人間も世の中にはいるからさ」

「俺を試すのは構わんが、時と場所を選べ。聖女の前だぞ」

「私への配慮は結構ですが、子供の前であることをお忘れなく」

「子供なんて関係なしに、人としてどうかと思います」

「お前が悪い、ベイルーシュ」

私とリコくん、さらにはロディス皇子からも注意が入り、ベルタさんは「すみません……」と肩をすぼめて口をつぐんだ。

「まあいい。せっかくだからこちらからも一つ、確認しておきたいことがある」

いい機会だとばかりに、アドラスさんはロディス皇子に向き直った。

「ロディス皇子。本当にあなたは皇帝陛下を殺していないのだな？」

ベルタさんが盛大に葡萄酒を噴き出す。

口周りを真っ赤に汚す部下には目もくれず、ロディス皇子ははっきりと答えた。

「殺していない。遺書とやらも見ていない」

「……分かった、信じよう」

皇子の答えを受け止めると、アドラスさんは食卓に向き直る。また鴨肉を口にするが、今度は満足そうに飲み込んだ。

「それで、あなたがたは今後どうするつもりなんだ」

「まずはレーゼの主張に付き合って、本当に遺書があったか、陛下の後継者がいたかを検証するつもりだ。そのためにも、他の候補者たちと話を摺（す）り合わせるしかないな」

「レーゼ皇女を説得しないのか。もともと彼女はあなたと友好関係にあったのだろう」

「あいつに説得など意味はない」

　ロディス皇子はきっぱりと断言した。

「レーゼは候補者の中でも、特に知恵がまわって強情だ。それに目的遂行のためならば、どんな手段も厭わぬところがある。俺が説得したところで、考えを改めはしないだろう。今回の件にしても、望む情報が手に入らなかったら、レーゼは躊躇いなくお前を皇帝にするはずだ」

　だから覚悟はしておけ、と気が滅入るような助言を授けられる。再びアドラスさんは渋い顔をして、お酒を一気に飲み干した。

「一つ分からないことがあります。こんな形で候補者たちを脅して、レーゼ殿下にどんな利益があるのでしょう」

　こんなことをしても、彼女が皇帝になれるわけでもない。そしてもし皇帝陛下の死の真相が分かったとして、彼女が得られるものなど何もないのだ。

「べつにあの人は、自分が楽しめればそれでいいんじゃないのかな。昔から摑み所がなくて享楽的な人だったし」

　ベルタさんはさして気にする様子もなく、私の疑問を軽くいなす。

「あんな性格だから、昔から敵が多い人でね。ついでに言うと恋多き方でもあって、これまで幾人もの帝国貴族が彼女の気まぐれに泣かされてきたものだよ。今日みたいなことをしでかしたとしても、不思議ではないな」

もしかして経験談だろうか。ベルタさんの声には、どこか恨み節のようなものが混じっている。

ただ彼が語るレーゼ皇女の人となりには、どうも違和感があった。

今日の一連の流れはあまりにも大胆かつ狡猾（こうかつ）で、享楽的で気まぐれな女性のたくらみにしては、いささか用意周到すぎる気がするのだ。

彼女はなぜ、こんな真似をしたのだろう。不透明な疑問を胸の内に抱え込んだまま、私は香草焼きを口に含んだ。


食事会のあと、一人宿舎の廊下を歩いていると、前方からほっそりとした人影が近づくのが見えた。

背を垂直に伸ばし、体を揺らさず静かに歩く姿は、まがうことなきタリヤ様のものである。

「タリヤ様、ごきげんよう」

互いに姿を認めあったところで、そっと声をかけてみた。

「……」

案の定、私の声など聞こえなかったかのように、タリヤ様はすたすたとその場から歩み去ろうとする。しかしその途中でふと足を止めると、淡々と問いを投げかけてきた。

「ヴィクトリア。あなたはアドラス皇子とどのような関係なのですか」

「え……？」

——関係。

急に何を聞いてくるのだろう。しかも難しい問いかけだ。思い返せば、これまでアドラスさんと私を結ぶ関係というものを、具体的な言葉にして考えたことがなかった。

私と彼の仲は、どんな言葉で定義できるのだろう。

「……大切な友人、でしょうか」

あれこれ悩んだ末、口にのぼったのは捻（ひね）りのない言葉だった。長らく親しい友のいない日々を送ってきたせいか、それでも気恥ずかしさで頬が熱くなってくる。

「友人、ね。それにしてはずいぶん肩入れしていること」

「どういう意味ですか」

含みのある言い方に、ざらりと感情を逆撫（さかな）でされる。

けれどもタリヤ様は私の反感などものともせず、講師のようになめらかな口調で語り出した。

「はっきり言いましょう。あなたの昼間の行動は、中立とはほど遠いものでした。あなたはなぜ、投票の内訳を暴くような真似をしたのです。あの行動によって、継承選の公平性が大きく損なわれるところでした」

なぜここで、投票の話が出てくるのだろう。理解が追いつかないながらも、私は静かに反論する。

「私は立会人として、正しく継承選が遂行できるよう取り計らったつもりです」

クロイネル皇子たちはロディス皇子の票を崩すため、わざとアドラスさんを当選させた。あの投票に公正な意思はない。選挙の制度を利用した恐喝行為だった。ならばそれを正すのが、立会人に課せられた役目ではないのだろうか。

「……では聞きますが、今日の継承選において、定められた規定から逸脱した行為はありましたか」

「それはもちろん――」

すぐに答えようとして、私は言葉に詰まった。

規定からの逸脱行為など、本当にあっただろうか。

「そう。アドラス皇子に票を入れた四人の皇子皇女も、彼らを唆し継承選を支配したレーゼ皇女も、違反行為などしていないのです。彼らは制度を利用し、他の候補者たちの行動を縛ろうとしただけ。それをあなたは勝手な価値観で非難し、妨害した」

「ですが」

「それにあなたは、彼らの企みを躊躇いなく晒しあげた。あの行為の結果、彼らが周囲からの信用を失い、玉座への希望が絶たれたとしても、あなたは公平な判断をしたと言えるのですか」

今度はすぐに反論が思い浮かばなかった。

クロイネル皇子たちのやり方はやはり看過できない。けれど、彼らが定められた制度を遵守していたのも確かに事実。

それを指摘されて尚、自分の判断に絶対的な公平性があったと言い切れるだけの自信が、私にはなかったのだ。

「あなたはアドラス皇子に傾きすぎている。四人の皇子皇女たちの企みをそのまま通せば、あの青年が不利益を被ることになるかもしれなかった。だから真相を明かしたのでしょう」

「それは違います！　私はただ、次の再投票を公平に行うため、真相を明かすべきだと考えただけです！」

「あなたがどう考えていたかなど関係ありません」

必死の弁解は、ぴしゃりと遮られた。

「私には、そう見えました。他の候補者たちも、あなたがアドラス皇子のために票を暴いたのだと考えたことでしょう。そう疑われた時点で、あなたの判断に価値などなくなるのです」

タリヤ様の言葉一つ一つが、胸に突き刺さるようだった。

私がいかに本心を訴えようと「あの者はアドラスに加担するため票を明かした」と思

われたなら、私の中立は保たれなくなる。

そうなれば、この先に待つ未来も自ずと決まってくるだろう。

「アドラス皇子のために動き、アドラス皇子のために真実を用意したと思われれば、あなたの主張に誰も耳を貸さなくなるでしょう。真実にどれだけの価値がつくかは、あなた次第なのですよ」

「……はい」

頷かないわけにはいかなかった。それほどタリヤ様の言葉は、説得力に満ちていた。

「今後聖女の地位にしがみつくつもりなら、あの青年とは距離を置きなさい。それがあなたと、あの青年のためです」

そこまで言い切ると、今度こそタリヤ様は歩き去っていく。

遠のく真っ直ぐな背中を眺めながら、私は頭の中で何度も今の会話を反芻した。

真実は真実。それを誰が口にしようと、事実が変わることはない。

だけど私自身に信用がなければ、いくら声高に叫んだところで私は人びとに真実を届けることができなくなってしまう。

ならば私はこの先、どう振る舞うべきなのか。それだけが、分からなかった。

# 第四話

継承選初日の夜はあまり寝付けなかった。

あれこれ考えるうちに窓の外が白んできたので、桶（おけ）に残しておいた水で顔を洗うと、まだ日が昇りきらないうちに宿舎を抜けだした。眠れぬならせめて、修道院の散策でもしておいた方が身のためになるだろう。

このパラディス修道院は、帝国でも一、二を争う規模の宗教施設だ。

村二つぶんは入りそうな広大な敷地の中には、大聖堂のほか、貴人たちが寝泊まりする宿舎、修道士たちの学問所、宝物管理庫、厨房（ちゅうぼう）、僧房、礼拝堂など様々な建物があり、それらを長い囲壁がぐるりと取り囲んでいる。この周囲から隔絶された環境で、修道士たちは日々慎（つつ）ましい生活を送っているという。

今も薬草園の横を歩いていると、礼拝堂の方角から小鳥の囀（さえず）りに混じるようにして、讃美歌（さんびか）の清廉な響きが漏れ聞こえてきた。耳慣れぬ異国の聖歌は、疲労で曇った思考を明瞭（めいりょう）にしてくれる。

『今後聖女の地位にしがみつくつもりなら、あの青年とは距離を置きなさい。それがあなたと、あの青年のためです』

けれども急に、タリヤ様の言葉が頭の中で反響した。

せっかく忘れかけていた沈鬱な気分が蘇って、再びどんよりと肩に重しが載せられたようになる。人生のうちであまり思い悩むという経験をしたことがないだけに、この気持ちにどう対処すればいいのか分からなかった。

「おお、ヴィーか。ずいぶん早いな」

「ひゃ！」

物思いに耽っていたところ、急に後ろから声をかけられた。振り向けば木の棒を手にしたアドラスさんと、全身汗だくなリコくんが、すぐ後ろに立っていた。

「あ、アドラスさん、リコくん——。二人とも、どうしてこちらに」

「リコに稽古をつけていたんだ。俺も体を動かしておいた方が、いらないことをあれこれ考えずに済むからな」

しゅっと風を切る音と共に、アドラスさんは木の棒を振り下ろす。その背後で、息を切らせながら棒を親の仇のように見つめるリコくんの姿から、彼らの稽古の激しさを窺い知ることができた。

「君こそ、こんな時間になぜここに？」

「えっと、その」

問いかけられて、答えに詰まる。あなたとのことで悩んでいましたと、素直に答えるわけにもいくまい。

私は薬草園の、さらに先へと視線を投げた。

「囲壁にかけられているという結界を、視に行こうとしていたところです」

「……そうか。よしリコ、俺たちも行くぞ」

「えっ。そんな、私一人でも大丈夫です」

本当は大した目的などなかったのだ。付き合わせるのは申し訳ないし、共に行動するのもなんだか気まずい。

けれどもアドラスさんたち主従はさっさと汗を拭うと、私の左右に仲良く並んだ。

「気にするな。俺も結界とやらには興味がある」

こうなっては引き下がることもできず、私は二人と共に薬草園の横を突っ切っていく。

やがてたどり着いたのは、切石を積んだ塀だった。

「これが囲壁か。案外低いな」

これなら乗り越えられそうだと、アドラスさんは石壁をぺたぺたと叩く。

彼は簡単に言うが、囲壁の高さは私の背丈の二倍程度。その上部には、錆びた鉄柵が等間隔に連なっている。普通の人間がこれを乗り越えるには、それなりの時間を要することだろう。

さらに私の目には、長く連なる塀を覆いつくす、緻密に織られた魔力の紗幕が確認できた。

試しに指でついてみると、紗幕にぶすりと穴があく。けれども指を引き戻したとたん、穴は傷を埋めるように塞（ふさ）がっていき、ものの数瞬で元通りとなった。

これが大司教が発動させた、聖堂と修道院全域を覆うという結界の正体だろうか。どういった仕組みかは理解できないけれど、高度な魔術であることには変わりない。

「ヴィー。結界とやらは視えるのか」

「はい。とても丁寧な術ですね。特に緩みはなさそうです」

どこかに結界の穴でもあれば、私だけでも敷地を出入りできるのではと期待したのだけれど、残念ながら格式高い修道院の守りはそんなに甘くないようだ。みっちりと隙間なく編まれた結界のどこにも、隙らしい隙は見当たらなかった。

「聖女様、アドラス様。そこで何をなさっているのです」

控えめな声で呼びかけられる。私たちが揃って顔を向けた先には、聖典を手にしたミュラー修道院長がいた。彼の背後では、列をなして移動する修道士たちの集団が見える。朝の礼拝を終えたばかりなのだろう。

「お、おはようございます、ミュラー修道院長」

「おはようございます。……あの、壁がどうかされましたか」

修道院長は、困惑気味に私たちと壁を交互に見つめる。

私とアドラスさんは顔を見合わせ、そっと白状した。

「いえ、結界を視ておりました。どれほどの効果を持つものなのか確認したくて」

「結界を……？　ああ、聖女様は霊だけでなく、魔力を視る力もお持ちでしたね」

修道院長は警戒を解きつつ、ほっと息をつく。

ひとまず、私たちが奇行を働いているという誤解は解けたようだった。

「聖女様にどのようにお視えかは分かりませんが、この結界は外部からのあらゆる干渉を遮断すると聞いております。単純な人の出入りだけでなく、魔術も遮ることができるそうですよ」

「魔術も？　そこまで高度な魔術を五日も使用しては、術者の方が保たないのでは」

「ご心配なく。この結界は、人の手によるものではなく魔術装置によるものなのです。予め補充した魔力が尽きないかぎりは、結界が解けることもございません」

語る修道院長は、どこか誇らしげでもある。この結界には並々ならぬ技術が注ぎ込まれているのだろう。

そのせいで、私たちは困っているのだけれど。

「装置の鍵はマリウス大司教がお持ちになっており、継承選の終了と共に停止させる手筈となっております。ですから間違っても外に出たりしないようご注意を」

「絶対に出るものか。出たら俺が次の皇帝になってしまうのだからな」

大真面目に応えるアドラスさんに、修道院長は哀れみが滲む苦笑を向ける。だがその笑みを思い詰めたように顔から消し去ると、私の顔色を窺うように切り出した。

「……あの、聖女様。聖女様はかつて、アドラス殿下を狙う呪術師の企みを看破し、ご自身にかけられた呪術を見事克服されたご経験がおありなのですよね」

事実が脚色されすぎていて、ひっくり返りそうになった。横で聞いていたアドラスさんとリコくんも、なんとも言い難い顔で過去に思いを馳せている。

過去に呪術師の襲撃に遭い、この身に呪いを受けてしまったことは真実だ。

だが、それだけのこと。今も私は呪われているし、この呪いが解呪されることもおそらく一生ない。

ただ私と呪いの相性がすこぶる良かったお陰で、今もぴんぴんしているだけの話なのだ。

「実は折り入って、聖女様にご相談したい事があるのです。呪いにまつわる話なのですが……」

「呪いに？」

それは穏やかならざる話題である。修道院長の口から語られるならなおさらだ。

私は結界のことも忘れて、彼の話に耳を傾けようとした。だが、
ゴゥン……ゴゥン……

自課を知らせる大聖堂の鐘が、早朝の青空に響き渡る。

荘厳な音色にしばらく聴き入ったのち、修道院長はこほんと一つ咳払いをした。

「申し訳ございません、一度聖務に戻らねば。皆様も朝食のあと、候補者の方々とのお約束がありましょう。話は、次の機会に」

継承選二日目の空気は最悪だった。

議論のため学問所の一室に集められた候補者たちは、誰も彼もが不満顔。アドラスさんは候補者たちを監視するかのように睨んでいるし、クロイネル皇子や双子姫たちなどは、はなから敵意を全方面へと散らしている。

レーゼ皇女も、白い頬を子供のように膨らませて不平を漏らした。

「昨日は誰からも情報提供がなかったわ。困るわね、出し惜しみは嫌いよ」

「誰も情報を持っていない、とは考えないのですか。消えた影武者の情報自体が誤りで、犯人なんて存在しなかったとか」

そう問いかけるのはレイナルド皇子である。あまり争い事を好まぬ気質らしい彼は、どうにか波風のたたぬ方向に話を持って行こうと試みているようだった。

そうねぇ、とレーゼ皇女は思案したのち、

「まあ、その可能性もあるかもね」

とあっさり同意する。

「姉上！　なら――」

「ただわたくしにそう思わせたくて、だんまりを貫こうとしている人がいるかもしれないでしょう」

ひらりと弟の期待に蓋をすると、レーゼ皇女は椅子の上で足を組み替えるのだった。

「まだ四日もあるし、焦る必要はないわ。とにかく、あなたたちが白か黒かはわたくしが判断します。判断できないかぎりは、再投票への同意もできないわ。だからみんな、情報を落としてちょうだいね」

じゃあ議論を始めましょう、と皇女はぱちんと両手を叩く。

しかしあとに続くのは、痛いほどの沈黙だった。誰もが互いの出方を窺っているようで、口を開こうとする人はいない。

このままでは、無言のまま日が暮れてしまうだろう。仕方なく、私はそっと手を挙げた。

「あの。皇帝陛下自害の現場に立ち会った方々に、当時の状況について詳しく話をお聞きしたいのですが」

「当時の状況？　それなら既にロディス兄上から話があったはず」

同じ話を何度もしたくはない、と言いたげにクロイネル皇子が口を挟む。昨日の一件で、私は完全に敵と認識されてしまったらしい。

彼を刺激しないよう、私は言葉を一つ一つ選んで言った。

「私が詳しくお話を伺ったのはロディス殿下のみ。まだ四人の目撃者のうち、他のお三方からは話を聞けておりません」

「……いちいち全員から聞いても、時間の無駄と思いますが」

「四人の目があれば、同じ場所でもそれぞれ違うものが見えてくることもあるかもしれません」

「いいじゃない、聞いてみましょうよ。じゃあエレノア、話せるかしら？」

レーゼ皇女がにこやかながら有無を言わさず話を進める。

突然名指しで呼びかけられて、身を隠すように息をひそめていたエレノア皇女は小さく肩を撥ね上げた。

「わ、私、ですか。ですが私から新たにお伝えできるようなことはなにも……」

「いいから話しなさい」

煮え切らぬ妹に、レーゼ皇女は強引に迫る。

エレノア皇女はぐっと弱気な言葉を止めると、「分かりました」と渋々語り出した。

「あの日は宮殿にいたところ、お父様から呼び出しがあって、寝所の前でロディスお兄様たちとお声がかかるのを待っておりました。すると突然寝室から、お父様のものらしき呻き声が聞こえてきたのです。そこでまずはじめに、私が部屋に駆け込みました。その時、部屋の中にお父様以外の人影はなかったと思います」

「部屋に最初に駆け込んだのは、エレノア殿下なのですか」

エレノア皇女はこくりと頷く。それは初耳だった。

「でも首を刺して倒れたお父様に、まず駆け寄ったのはロディスお兄様です。私もすぐそのあとに続いたけれど、お父様の手を握りながら、呼びかけることしかできなくて……」

己を責めるように語る皇女の指先は、小さく戦慄いている。嘘をついているようには見えなかった。

「その時、他のお二人はどうされていたのでしょう」

「ハルバートお兄様、レイナルドの順で私に続いて部屋に入ってきました。二人ともしばらく驚いていたけれど、おかしな動きはしていなかったと思います。――そうよね？」

「ああ。正直なところ気が動転していて記憶が曖昧なところもあるが、おかしなものは見ていないと思う」

記憶を絞り出しながら、ハルバート皇子は顎に手を置く。レイナルド皇子もその横で首肯した。

「僕も異論はない。姉上が話した以上の情報も持っていないよ」

やはり皇帝陛下の部屋には何も異常はなかった、というのが彼ら全員の主張らしい。血を流して倒れる皇帝に、駆け寄るロディス皇子とエレノア皇女。そして彼らを背後で見守るハルバート皇子とレイナルド皇子。

当時の状況を頭の中で再現してみるが、特に矛盾は見当たらなかった。どうにも言葉にできぬひっかかりを覚えるものの、私は話を先へと進める。

「侍医が到着したあと、みなさんはずっとあの部屋にいらしたのですか」

「ええ」とエレノア皇女が答えた。

「『何も持ち出していないことを証明するため、外に出ない方がいい』とロディスお兄様がおっしゃったから……」

　さすがロディス皇子は抜け目がない。あの状況にありながら、自分たちが疑われる可能性も考慮して動いていたのか。

　当の本人は自分の機転を誇るわけでもなく、腕を組んで兄弟たちの話に耳を傾けていた。

「そのあいだ、侍医と侍従以外に部屋を出入りした方はいらっしゃいましたか」

「いなかった、と思います。事情が事情ですから、部屋に入る侍従の数も極力制限させました。お父様が亡くなったあと、候補者や聖職者以外であの部屋を出入りしたのは、一人の侍医と二人の侍従くらいだと思います」

「ベイルーシュも出入りしている」

　ロディス皇子が短く部下の名前を追加する。

　その背後で気配を消していたベルタさんは、名前を出してくれるなと言わんばかりに顔をしかめた。

「ならロディスお兄様は潔白とは言えないわね。自分だけちゃっかり腹心を呼び寄せて、あれこれ指示を出すことができたのでしょう」

「その隙に別の場所にあった遺書を探させて、処分させるなんてこともできたわけね」

ここぞとばかりにフレスカ皇女とビアンカ皇女が指摘した。感心するほど息の合った主張である。

けれども彼女たちの言葉にすんなりと同意はできなかった。

「それは難しいのではないでしょうか」

「……難しい？　ベイルーシュ卿には、そんな工作は無理ってこと？」

「いいえ、そうではなく」

私はこっそり部屋の端を盗み見た。そこではタリヤ様と並ぶようにして、マリウス大司教やミュラー修道院長が静かに議論の様子を見守っている。

なるべく波風を立てないよう、説明をしなくては。

「ベルタさんはロディス殿下に命じられ、なるべく外部に情報が渡らぬよう調整しながら各候補者の方々を部屋に呼び寄せる手配をされていた、と聞いております。その上遺書を探し、秘密裏に処分するというのはさすがに難しいと思ったのです」

もっと詳しく言えば、彼は候補者をこっそり集めるかたわら、教会関係者が宮殿内廷部に近づけないようあれこれ工作していたのである。実際には難しいと言うより、ほぼ不可能と表現すべきだろう。

「……じゃあ結局、こんな話をしても何も変わらないってことじゃない」

否定されたのが癪に障ったのか、フレスカ皇女はつんとそっぽを向いて吐き捨てる。

これについては「そうですね」としか返しようがなかった。

エレノア皇女たちから当時の話を聞いて、新たな発見を得ることはできた。だがレーゼ皇女が求める〝自害の謎〟や〝後継者〟に関する情報には少しも迫ることができていないのが現状である。

レーゼ皇女をちらりと見やるが、彼女は状況を楽しむようにみなの会話に聞き入るばかり。

再投票に至る手応えは、まるでなかった。

その後も候補者たちは情報交換を続けたが、結局一つとしてレーゼ皇女の決意を揺るがすような情報は出てこなかった。

話題が出尽くした頃には陽も大きく傾いていて、結局私たちはなんの進展も得られぬまま、二日目の終わりを迎えることになるのだった。

「では、失礼します」

議論が終わるなり、私は逃げるように部屋を飛び出した。

昨晩タリヤ様から浴びせられた言葉が、今も棘となって胸に刺さったままである。こんな気まずい気持ちのまま、朝のようにアドラスさんと言葉を交わしたくなかったのだ。

いちはやく宿舎に戻ったところ、見計らったように若手の修道士が部屋を訪ねてきた。

「聖女ヴィクトリア様。まもなく夕食の時刻となりますが、お食事はどちらにお運びしましょう。また皆様とお召し上がりになられますか？」

「……いえ。部屋でいただきます」

かしこまりました、と使用人のような恭しさで修道士は部屋を離れていく。彼を見送りながら、私はぎゅっと胸元を握りしめた。

以前は、「また皆様と」なんて言われたとしても、少しも気にすることはなかっただろう。だが今は、そんな些細な言葉にすら動揺してしまう。

ロディス皇子たちと食事をとったのも、浅はかな行いだったかもしれない。中立な立場を貫くならば、人の目につくほど他人と交流を持つべきではなかったのだ。

そこで昨晩の食事を思い出して「あ」と私は固まった。

昨日は修道院の中とは思えぬご馳走の数々が、次々と運ばれてきたものだ。だが今晩もあれと同じように食事を用意されても、私一人ではとても食べきれない。量は少しでいいと伝えるべきだろう。

先刻の修道士はまだ捕まるだろうか、と期待しつつ宿舎を出て廻廊へと向かう。

だが廻廊に足を踏み入れたところで、正面からばったりと出くわしたのは、他ならぬアドラスさんだった。

「あ……。アドラス、さん」

「よかった、ちょうど君を探そうとしていたところだったんだ。先ほどは議論が終わるなり部屋を飛び出ていったが、何かあったのか」

心配そうに顔を覗きこまれる。

私の不自然な逃亡は、しっかりと目撃されていたらしい。

「それは……」

誤魔化すこともできず、私は声をくぐもらせた。

「まったく。どうしてあんな小娘に、いちいちへりくだらないといけないんだ」

悪意を含んだ声が、ふいに横から聞こえてくる。聞き間違えでなければ、この声は先刻部屋を訪ねてきたあの若い修道士のものではないだろうか。

声は中庭を挟んだ廻廊の反対側から響いていた。

「仕方ないだろう。聖女の称号は大司教様とほぼ同格。一応は国賓なんだから」

応じるのは、少し年嵩の修道士である。窘めるような口振りだが、青年を咎める様子はない。

「だが聖女と言っても、実際はただの小娘じゃないか。一体あれのどこを敬えと言うんだ」

「気持ちは分かるが落ち着け。あの聖女様はアドラス皇子のお気に入り。丁重にもてなしておかないと、あとでどんな処罰が下るか分かったものではないぞ」

きゅっと体の芯が冷えていく。

よりによって、いま一番耳にしたくない内容だった。それなのに、ここぞとばかりに青年修道士は話題に食いついた。

「あの話、やはり本当なのか？　物見の聖女はアドラス皇子の情婦だって」

「さあな。だがあの娘、一度は神殿から追放されかけた身でありながら、アドラス皇子の口ぞえで再び聖女の座に舞い戻ったらしい。もとより素行に難のある娘だったのだろう」

「……まったく。いったいどんな理由で追放されたのやら」

隣で同じ会話を聞いていたアドラスさんが、髪を燃え上がらせるように逆立てた。かと思えば猛然と足を踏み出して、修道士たちに歩み寄ろうとする。

慌てて私は、彼の腕を両手で摑（つか）んで引き止めた。

「待って！」

小声でささやく私を、アドラスさんはなぜ、と不思議そうに見下ろした。だが私はそのまま、首を横に振りながら静かに彼の腕を押さえ続ける。

「何にしても、院内の風紀を乱さないで欲しいものだ」

「女人は毒だ。お前もうっかり食われないよう注意しろよ」

ははは、と笑い声を響かせながら足音は遠ざかっていく。

すっかり人の気配が消えたところで、やっと私はアドラスさんの腕を放した。

「なぜ止めた。あいつらは君を侮辱したんだぞ！」

私の手が離れるなり、アドラスさんは激昂（げきこう）する。

自分だって侮辱された側なのに、あくまで私のことで怒るところが彼らしい。

だけど私は、修道士たちを責める気になれなかった。

「私が彼らに侮られるのも、当然のことだからです」

「当然だと？」

「実はタリヤ様からも、ご指摘を受けました。私とアドラスさんの距離が近すぎる、と」

口にしながら、頬が熱くなってくる。こんなこと、面と向かって言いたくはなかった。

アドラスさんは困惑げに眉を寄せていたが、私をしばらく見つめたのちにため息をついた。

「……それが、今朝から様子がおかしかった原因か」

首を縦に振って応える。恥じらいと申し訳なさで、自然と目線が横に逸れてしまう。

けれどもアドラスさんの反応は、私と違い冷静だった。

「別にそこまで気にする必要はないだろう。俺たちは四六時中共にいるわけではないし、他人に後ろ指を差されるような関係でもないんだ。堂々としていればいい」

「それでは私たちの関係を疑う人たちは納得しないのでは」

「そうした勘繰りを働く連中は、何をしたって適当な粗を見つけて他人を貶めてくるものだ」

「でも私は、そうした方々にも真実を届けなくてはならないんです！」

気づけば声が上ずっていた。

滅多にない私の荒ぶりに驚いたのか、アドラスさんは目を見開いて私を見下ろしてくる。

「私自身に信用がなくては、私が口にする言葉の信用も損なわれてしまいます。いくら私が真実を口にしようとも、私自身を人々に信じてもらえなければ意味がないのです」

かつての皇子取り替え事件では、アドラスさんは私に全幅の信頼を寄せてくれた。だからこんな悩みを抱えることもなかった。

だが実際に世に出てみれば、私の言葉を信じる人などごくわずか。聖女という肩書きがあるにもかかわらず、誰もが疑念と侮りの目を私に向けてくる。誰かに信じてもらえなければ、私は何も成すことができないちっぽけな存在なのに。

「今回の件だってそうです。立会人である私がアドラスさんと親しくしていたら、他の候補者の方々の中には不審を抱く方もいらっしゃいましょう。それでは立会人としても、物見の聖女としても、役目を全うすることができません。……だから、その」

言うべき言葉が、喉につかえて出てこない。けれども力を振り絞って、私は苦い言葉を引き摺り出した。

「アドラスさんとのお付き合いも、これまで通りではいけないと思うのです」

しんと、音が遠くなったような気がした。

ひどく長く感じられる沈黙。意を決して見上げたアドラスさんの顔は、どこか不自然なほど穏やかだった。

「……分かった」

距離を置くように半歩下がると、アドラスさんは眉尻(まゆじり)を下げた。

「君の立場も考えず、すまなかった」

「アドラスさんが謝るようなことではありません。ただ私が」

「いや。俺の配慮が足りなかった。君の聖女としての責任を軽く考えすぎていたんだ」

なぜだか深く悔いるような彼の声に、罪悪感が膨れ上がる。

「だがそれでも、君は俺の恩人で、大切な友人だ。君を侮辱する連中のことは、やはり許せない。それだけは理解してくれ」

「……はい。ありがとう、ございます」

自分勝手に突き放したにもかかわらず、アドラスさんは尚(なお)も私を友人として尊重してくれるという。その優しさが、今は余計に傷に染みた。

ならば私も聖女として、アドラスさんの信頼に報いなければならない。

「アドラスさんのお力になりたいという気持ちは、今も変わりません。あと三日間、できる限りのことをします。どうかお待ちください」

「ああ。よろしく頼む」

いつものようにからりと笑うと、アドラスさんは宿舎へと一人で行ってしまった。部屋に戻ったのだろうか。追って確かめることは当然できない。

びゅうと風が強く吹き抜けた。神官服がはためいて、体がぐらりと大きくよろめく。

これまで私を芯から支えていた力が、急に消えてしまったような気がした。自分がひどく情けない生き物に思えてくる。だがこれより他に、選べる術（すべ）などあるはずもなかった。

# 第五話

三日目の朝を迎え、修道院に漂う空気も徐々に焦燥を帯びていく。

それなのに、候補者たちの話し合いは昨日以上に不毛だった。

「陛下の寵愛を受けた候補者とやらは、なぜ名乗り出ない？　本当にそんな奴がいたら、真っ先に声を上げるはずだろう！」

と喚くのは、クロイネル皇子である。荒ぶる兄を落ち着かせるように、エレノア皇女が控え目な声で意見した。

「自分の身を守るためかもしれないわ。寵愛を受けていることを周囲に知られたら、脅威と判断されて命を狙われることだってあるかもしれないし」

「それはあるまい」

味気ない否定を口にして、ロディス皇子は両腕を組んだ。

「再投票を行うには、候補者全員が揃って再投票を承認する必要がある。つまりその寵愛を受けた候補者とやらは、再投票が行われるまで他人から命を狙われることが絶対にない状態にあるというわけだ。それなのに、何に怯えて隠れる必要がある」

彼の言う通りだ。

それに一度皇帝が決まってしまえば、選ばれなかった候補者たちは全員継承権を失う。そうなったら、命を狙われる危険を心配する必要もなくなるのだ。

「名乗り出ることができない事情なら、いくつでも考えられるわ。たとえば……」

レーゼ皇女は言いながら兄弟たちの顔を見回して、シメオン皇子のところで視線を止める。突然真っ直ぐ見つめられて、シメオン皇子はぎくりと表情を凍らせた。

「たとえばシメオンは？　もしシメオンが後継者に指名されたら、継承選の前も後も関係なく、立場が危うくなってしまうでしょう。これなら、名乗り出ない理由になるわ」

かつてベルタさんが、シメオン皇子はクロイネル皇子の母親が配下に産ませた子供であると語っていた。シメオン皇子は生まれながらにして、クロイネル皇子に人生を支配されているのだ。

そんな彼が皇帝陛下の寵愛を受けたならば、下手をすると本人のみならず、彼の母親も脅威に晒(さら)されることになるとレーゼ皇女は言いたいのだろう。

「やめてくれ！　僕は皇帝陛下のお気に入りじゃない！」

勢いよく立ち上がって、シメオン皇子は否定した。その姿は、身の潔白を訴えるように必死である。

「あなたが寵愛を受けていたとしてもいなかったとしても、ここではそう答えるしかないでしょうね」

「だから……」

「もしあなたが皇帝陛下のお気に入りなら、あとでこっそり教えてくれればいいわ。大丈夫、秘密は守るから」

「……」

何を言っても無駄と悟ったのだろうか。シメオン皇子はもどかしげにため息をつくと、荒々しく椅子に腰を下ろす。

「……僕だって、ここにいたくているわけじゃないんだ。放っておいてくれ」

つぶやかれた言葉には、彼の本音が垣間見えた。

そんな無意味な言い争いばかりを重ねて、瞬く間に三日目は夜を迎える。

夜空の色が深くなるにつれ、焦りがじりじりと全身を焼きつけた。

このままでは、あと残り二日となってしまう。それなのに、私はなんの成果も得られていない。

いてもたってもいられなくて、私はそっと部屋を抜け出した。

「ふう……」

夜の冷気に身を晒していると、すこし気分が落ち着いてくる。

今は修道士たちも寝静まる時刻。こつこつと響く自分の足音に耳を傾けていると、思考は自然と継承選に流れて行った。

――レーゼ皇女は、皇帝陛下の死の謎を暴けと言う。

けれどもこんな閉ざされた空間のなか、得られる情報など限られている。できる限りのことはする、とアドラスさんに伝えたものの、八方塞がりとなっているのが現状だ。

本当に彼女は、真実を暴きたいのだろうか。それとも単に、継承選を掻き乱したいだけなのだろうか。

いっそ私だけ結界の外に出て、皇帝陛下の死の謎を探る方がよほど効率的な気さえしてくるけれど、一人でここを離れる勇気を私は持ち合わせていなかった。

「あれ。ここは――」

気づけば私は、聖堂の祭壇前にたどり着いていた。日中とまるで異なる聖堂の様相に、しばし視線を奪われる。

明かりが落ち、闇に沈んだ大聖堂は、まるでそれ自体が巨人の亡霊のようだった。堂々と連なっていた巨柱の数々は、今は葬列のようにひっそりと暗がりに佇んで、昼間は極彩色に輝いていた薔薇窓も、月光を湛えて淡い輪郭を浮かべるのみである。

これもまた、言葉を失うほど美しい光景だった。

『だ、れ……』

「……えっ？」

聞き覚えのある声に、以前も感じた妙な気配。

振り向けば、十日前に出会った皇帝陛下の亡霊が、祭壇の上をぼうと燐光を纏って浮遊していた。

「皇帝陛下……!?」

『だれ、だ……お前、は……。どこに、いる』

いつかのように皇帝陛下の霊は、誰何の声を口にしながら歩き出す。〝お前〟とやらを探しているようだ。

その歩みはあまりに緩慢で、とても探し物が見つかりそうには思えないけれど、生気が抜け落ちた瞳は確かに何かを探して、ぎょろぎょろと忙しなく動いていた。

――もしかして、自分の遺体を探しているのだろうか。

はじめて姿を現した時、陛下の亡霊は自身の遺体を指差して『お前は誰だ』と言っていた。ならば〝お前〟とは皇帝陛下の遺体のことだろうし、〝どこにいる〟と言う言葉は体を探しての言葉であると考えられる。

「あのぅ」

『……』

おっかなびっくりかけた声は、華麗に無視された。だがこの程度、日常茶飯事である。

私は「すぅ」と深呼吸すると、亡霊の前に立って、聖堂の地下を指し示した。

「ご遺体ならば、地下の霊廟に安置されているそうですよ」

『どこだ……』

「この聖堂の下です。祭壇裏の階段から降りることができます」

『なぜお前はここにいない』

「ですから下にいらっしゃるかと。入り口まで、私がご案内しましょうか」

案内を申し出てみるも、やはり私の言葉は通じない。視るしか能のない私には、霊と語らう術がないのだ。

それでも辛抱強く語りかければ、わずかなそよ風を感じたかのように霊が振り向いてくれることもあるけれど、残念ながら皇帝陛下は私のことなどお呼びではないようだった。

「あなたは、誰を探していらっしゃるのです」

『お前は誰だ……』

「誰なのでしょう……」

ここまで会話が一方通行だと、さすがに虚しくなってくる。

しかしこの機会を棒に振るわけにもいかず、私はおろおろと意味のない言葉を投げ続けた。

「そこで何をしていらっしゃるの」

突然、若い女性の声が背中にかかる。これは生者の声だ。

衣擦れの音と共に近づいてきたのは、レーゼ皇女だった。

「レーゼ殿下」

「歩いていたら女性の声が聞こえてくるものだから、なにがあったのかと確かめに来たのだけれど……」

そうしたら、一人ぶつぶつと喋り続ける怪しい女がいたわけだ。深夜という時間と、人気のない大聖堂という条件が重なって、さぞかし不気味な光景が出来上がっていたに違いない。

驚きに顔を白ませていた皇女は、やがて私がどんな肩書きの人間であるか思い出したのか、いつもの計算高い笑みを取り戻した。

「もしかして、そちらに霊がいらっしゃるのかしら」

どう伝えるべきか迷ったが、結局私は「はい」と頷く。

「実はいま、こちらに皇帝陛下らしき方の霊がいらっしゃいます」

「まあ」とレーゼ皇女は大きな目を丸くした。

霊がいるのに「まあ」で済ませてしまうあたり、この人の胆力は相当なものである。

「陛下はそこでなにをしていらっしゃるの」

「歩いていらっしゃいます。ただお声がけしても言葉が通じず、どうしたものかと悩んでおりました」

私が視えているかぎりの現状を、レーゼ皇女に説明する。皇女は細い顎に手を置くと、真剣な顔で思案した。

「『お前は誰だ、どこにいる』……。以前聖女様が寝所で話していたのと同じね」

「前回は皇帝陛下のご遺体に向かって、『お前は誰だ』とおっしゃっていました。ですから、ご遺体を探して彷徨っていらっしゃるのではと思うのですが」

「なんとか会話する方法はないの」

「難しいですね。霊とは魂の残滓のようなもの。彼らは生前の強い思念に基づいた行動をしているだけで、意思疎通が可能なほど安定していないことがほとんどなのです。ただ……」

レーゼ殿下をちら、と見上げる。私の窺うような視線を察して、皇女は「え」と珍しく顔をしかめた。

「御息女であらせられるレーゼ殿下のお声ならば、あるいは陛下に届くかもしれません」

「……わたくし、霊は視えないのよ？」

「陛下の居場所は私がご説明します。レーゼ殿下は陛下がいらっしゃる場所に向けて声をかけてください」

返事を待たずに、私は亡霊の隣に立った。この皇女様にはかなり好き勝手にやられているのだ。これくらい、協力してもらっても構わないだろう。

「陛下はわたくしに興味のない方だったけど」

「でも私と違って互いに顔見知りなはず。はい、陛下はいまこちらに向かって歩いていらっしゃいます。正面にお立ちになって、なるべくはっきりとお声がけをお願いします」

レーゼ皇女は渋々皇帝陛下の前に立った。どこへ焦点を定めて良いのか分からぬ顔で、戸惑いがちに口を開く。

「皇帝陛下。第一皇女、レーゼにございます。再びご拝謁賜る幸運に恵まれて、嬉しく存じます」

さすがは皇女。突然見えぬ相手に話しかけろと無茶を言われたにもかかわらず、恭しく膝を折るその姿は一枚の絵画のように美しかった。わずかな指先の動きにすら、気品が宿るようである。

散々私が声をかけても反応を見せなかった亡霊が、ぴた、と足を止めた。

『あ――ああ……』

亡霊は驚愕を顔に貼りつかせ、眼前の皇女をじいっと見つめる。生気の抜けた黒目にはみるみるうちに理性の光が灯りはじめた。

『レー、ゼ……さ……』

今度は私が驚く番だった。いくら我が子と言えどたった一度の呼びかけで、霊がこれほど反応を示すものだろうか。

疑問に思う間にも、亡霊は必死に声を上げようとする。

『なり……せぬ。どう、か、お逃げ……あ――ああ――』

「ねえ、どうなの。もっと声をかけた方がいいのかしら」

小声でレーゼ皇女が訊ねてくる。私も声をひそめて応答した。

「陛下がレーゼ様の存在にお気づきになったようです。とても動揺していらっしゃいます」

「動揺？　わたくしに？」

「はい。なんだか様子がおかしいです。必死に何かを伝えようとしていらっしゃるようですが……」

レーゼ皇女は訝しげに片眉を上げる。だがふと、何か思い立ったように勢いよく顔を上げると、亡霊がいるはずの宙を凝視した。

「……聖女様。目の前にいる方は、ご寝所に現れたという陛下の霊で間違いないのよね？」

「おそらく。お召しになっている服も同じです」

「そう。では右の首筋を確認してくださる。耳の付け根のあたりよ」

その様子があまりにも真剣で、意図も分からぬまま私は霊に顔を寄せた。霊は上手く声が出ぬのをもどかしがるように、喉を何度もかきむしっている。その指の隙間から、耳の付け根に小さなあざがちらりと覗くのが確認できた。

「首の付け根に、あざがありますね。これのことでしょうか」

「……」

レーゼ皇女は答えなかった。大きく目を見開いたまま、その場に立ちすくむ——と思いきや、

「フィルおじさま！　フィルおじさまなの？　あなた、死んでしまったの⁉」

見えぬ霊に向かって叫び出す。これまでの彼女からはとうてい想像のつかぬ、感情的な声だった。

「お願い、どうして死んだのか……。どこに体があるのかだけでも、教えて！」

『ふれ、ずに……。に、げ……どう、か……』

霊はレーゼ皇女の肩を掴もうと、右手を伸ばした。しかし実体を持たぬ霊の体は、皇女の肩をすう、と通り抜けてしまう。

『ああ……』

透けた己の体を絶望の目で見下ろすと、霊は落胆の息をこぼす。そして闇の中に溶けゆくように、その姿を霧散させてしまうのだった。

「フィルおじさま！　ねえ聖女様、彼はなんと言っているの！」

髪を振り乱して、レーゼ皇女がこちらを向く。私は首を横に振って、「消えてしまわれました」と答えた。

「………そう」

気の昂りをとたんに鎮め、レーゼ皇女は肩を落とした。

「レーゼ殿下。私が視た方は、皇帝陛下ではなかったのですね。あの方は、もしや……」

正体はうすうす分かっている。けれども問わねば。レーゼ皇女の口から、直接真実を聞き出すのだ。

「あなたが視えると言った霊。彼は、皇帝陛下ではないわ」

レーゼ皇女は俯いたまま、瞳だけを私に向けた。わずかに赤らんだ目は、涙で潤んでいた。

「彼はフィル・トレバー。皇帝陛下の、影武者よ」

私はレーゼ皇女と共に、彼女の部屋へと赴いた。時刻は夜半過ぎ。朝課の祈りのため、すでに幾人かの修道士たちが起き出したようで、革靴が石床を擦る音が聞こえてくる。皇女は器用に歩調を変え、時には足を止めて修道士たちをやり過ごすと、誰にも見咎(とが)められることなく自室へ辿(たど)り着いたのだった。

「わたくし、小さい頃から目敏(めざと)くてね」

私を部屋に招き入れると、皇女は静かに語り出した。それは彼女とトレバー卿(きょう)の、出会いの物語だった。

「皇帝の子供たちは、七つになると宮殿内廷への出入りが許されるの。わたくしも七歳の誕生日を迎えた日、母に宮殿へと連れてゆかれたわ。

でもわたくしは、正直皇帝なんてどうでもよかった。数える程度しか会ったことがない上に、優しい一言もかけてくれない父親なんて、恋しくもなんともなかったもの。そんな人に会ってがっかりするより、早く離宮に帰って誕生日の贈り物を確認したかった。

――だから陛下の前に通された瞬間、『お腹が痛い』と床に転げて泣き喚(わめ)いてやったの。そうして惨めな姿を見せれば、『今日のところは帰って休め』といかにも寛大そうに言われて追い出されると分かっていたのよ。

……でも、その日の皇帝陛下は違った。陛下はわたくしを下がらせるどころか、体を抱え上げて寝台まで運び、落ち着くまでずっとそばにいてくださった。侍医が用意した薬湯も、わざわざ口まで運んで飲ませてくれたわ。もう仮病だとは言い出せなくて、結局その日は宮殿で一夜を明かすことになっちゃった」

失敗を語るような口振りだが、レーゼ皇女の瞳は過去を懐かしむように細められていた。彼女にとって、この思い出は大事なものらしい。

「でも。たったその一回だけで、わたくしは父親に焦がれるようになってしまった。やっぱり皇帝陛下は私のお父様なんだ。お父様は私を愛しているんだと、ずっと胸の高鳴りが止まらなかったわ。それでどうにかお父様の気を引きたくて、勉強も必死で頑張るようになったの」

なんだかんだ、父親の愛に飢えていたのかもね、とレーゼ皇女は皮肉げに笑う。

「けれど次にお会いした時、皇帝陛下は〝いつもの皇帝陛下〟に戻っていた。薬を飲ませてくれた、優しいお父様じゃなくなっていたの。どういうことか分からなくて、驚いたわ。

ただ何度か内廷に出入りするうちに、時折いつもの皇帝陛下と、優しい皇帝陛下が入れ替わっていることにわたくしは気づいた。見た目も振る舞いもそっくりだけど、優しい陛下にだけ、首筋に小さなあざがあることに気がついたの。

だからわたくし、優しい皇帝陛下こそ本物で、彼が自分の父親なのだと思い込むようになって……ある時こっそり、優しい皇帝陛下に手紙を渡したの。『いつも本物のお父様にお会いするためには、どうすればいいですか』って」

「それが、トレバー卿との出会いだったのですね」

口を挟むと、レーゼ皇女は「そうよ」と薄く微笑んだ。

「そのあとトレバー卿に呼び出されて、『自分は皇帝陛下の影。あなた様の父君の偽物なのです。皇帝陛下をお守りするため、今後は入れ替わりに気がついても、決してそれを表に出してはなりません』と真実を伝えられたわ。

……あの時ほど傷ついたことはないわね。自分の本当の父親は娘の誕生日に影を寄越して対応させるような人だって、分かってしまったのだもの」

「それからどうされたのですか」

「トレバー卿を脅したの。『入れ替わりを暴露されたくなかったら、わたくしと仲良くしてください』って」

七歳で脅迫とは恐れ入る。やはりこの皇女は、ただ者ではない。

だがそうまでしても守りたいほど、彼女にとってトレバー卿との時間はかけがえのないものだったのだろう。

「そうしてわたくしたちの、偽の親子関係が始まった。とは言っても、会えた時だけこっそり本を読んでもらったり、一方的に話をしたりする程度のささやかなものだったけど。あの人も、父親を恋しがるわたくしが哀れになって、突き放すことができなかったみたい」

「それ以来、トレバー卿との交流が続いていたのですか」

「ええ。さすがに親子ごっこはわたくしが十歳を過ぎた頃からしなくなったけど、彼とは手紙のやり取りを続けていたわ。わたくしにとっては、あの人が――」

本当の父親、だったのだろう。妖艶な笑みを脱ぎ捨て、過去をぽつぽつと語る彼女の表情は、あどけない少女のようにも見えた。

「レーゼ殿下。あなたの本当の目的は、トレバー卿だったのですね」

そうよ、とレーゼ皇女は迷いなく認めた。

「トレバー卿から陛下について相談があったのは本当の話。あの人は、皇帝陛下が病を得てから心変わりしてしまったと、その変化をとても恐れていたの。皇帝陛下が目をかけているという候補者のことも気にして、なんとか調べようとしていたわ」

「病で体が弱れば、心に変調を来す方もいらっしゃいましょう」

「わたくしもそう言ったわ。結果、陛下がこれまでと異なるご決断をされたとしても、それもまた陛下の御意思。周囲の人間が介入すべき問題ではないと、彼の言葉を流してしまったの。……そうしたら、ある時忽然とトレバー卿は消えてしまった。行方が分からなくなってしまったの」

レーゼ皇女は、長いまつ毛に憂いを乗せて顔を伏せる。

「彼は何かを掴みかけていた。それなのにわたくしが彼の言葉を受け止めなかったせいで……」

「レーゼ様の責任ではありません。トレバー卿は何か事件に巻き込まれたのではないでしょうか」

大切な人を探し出すために、この人は継承選を乗っ取るなどという無茶な真似をしでかしたのだ。

すべては、〝皇帝の寵愛を受けた候補者〟を探し出すために。

「皇帝陛下に直談判しようにも、陛下は病でお話しすら難しい状態だった。そうなると、手がかりはトレバー卿が掴みかけていたという候補者の存在だけ。それなのに、陛下が亡くなっても誰も名乗り出てこないから、本当に困ったわ」

だから相手を炙り出すためアドラスを利用したの、と皇女は美しい声でとんでもないことを言う。

「わざわざ『皇帝陛下の死の真相と遺書の行方が知りたい』と言ったのは……」

「馬鹿正直に『トレバー卿を探しています』と言ったら、それを逆手に取って『あの男の行方を知りたくば従え』なんて、主導権を握られてしまうかもしれないでしょう。自分の弱味を相手に晒すべきではないわ。あくまでわたくしの目的は皇帝陛下の死の真相であると、周囲に思わせたかったの」

「そのために、あんな無責任な振る舞いをわざとされていたのですか」

「もし彼が生きているとしたら、わたくし以外に彼を助けられる人間はいないでしょう。

だからやるしかなかったの。……だけど、もう亡くなっていたなんてね」

自嘲を浮かべながら、レーゼ皇女は首を横に振った。

必死に救おうとしていた人が、すでに命を落としていたのだ。もう取り乱す様子はないが、彼女の胸の内には深い悲しみが渦巻いているのだろう。

「レーゼ様は、これからどうされるおつもりですか」

「アドラスには悪いけれど、このやり方を変えるつもりはないわ。もし誰かにトレバー卿が殺されたのなら、その理由をなんとしても突き止めないと」

レーゼ皇女の声には、確固たる覚悟が込められていた。

大事な人を探すため、継承選を盾に他の候補者たちを脅すような人である。トレバー卿の生死が判明した程度で諦めるはずがないことは、うすうす私にも分かっていた。

「それにしても、トレバー卿はあんな場所で何をしていたのかしら。なぜ亡くなられたのか、教えてくださればよかったのに」

「霊の行動は、生前の感情に強く左右されるものです。トレバー卿の霊の行動にも、何か意味はあると思うのですが」

「行動、ねえ……。陛下の寝所に現れた時は、ご遺体を指差して『お前は誰だ』とおっしゃっていたのよね？」

「はい。同じように、先ほども『お前は誰だ、どこにいる』とおっしゃっていました」

そして逃げろ、とも。

逃げろという言葉の意味は理解できないが、彼が皇帝陛下の心変わりに不安を抱いていたという話と、『お前は誰だ』という言葉を結びつけると、一つ見えてくる仮説はあった。

「もしかして、皇帝陛下が別人になり代わられていた、という可能性はないでしょうか」

それならば、『お前は誰だ』という言葉の意味も理解できる。トレバー卿は別人が入れ替わった皇帝陛下に対し、死後も正体を問い続けていた——と解釈すれば、一連の言動にも納得がいくのだ。

だがレーゼ皇女の反応は芳しくなかった。

「それだと、侍従全員が共犯ということになるわ。それに赤の他人にすり替わったら、トレバー卿もすぐ気づくと思うけど」

「陛下は病でどんどんやつれていったのですよね。それなら、多少の外観的な変化は誤魔化せたのではないでしょうか。現に赤の他人であったトレバー卿と皇帝陛下の入れ替わりを、多くの方が気づいていらっしゃらなかったようですし」

「……」

レーゼ皇女は熟考する。ややあって、眉を寄せながらも頷いた。

「納得はできないけれど、否定もできないわね」

「もし第三の人物が皇帝陛下になり代わり、後継者を表明しようとしていたなら大問題です。トレバー卿の命が狙われる理由にもなります」

「でもそうなると、本物の皇帝陛下の行方が分からなくなるわ。それに、あの自害はどういうことになるの。偽物が皆の前で自害したことになるけれど」

「……それは分かりません」

結局、そこに行き着いてしまう。あの不可解な自害の理由が判明しない限りは、どんな仮説も行き詰まるのである。

「とにかくこの仮説を検証するためにも、皇帝陛下のご遺体をもう一度確認する必要があります。もしご遺体が別人である証拠が見つかったなら、トレバー卿の行方を探る大きな手がかりになるはずです」

「皇帝陛下のご遺体の確認、ね。許可を取るなら、大司教相手になるけど……」

レーゼ皇女は唇をぎゅっと曲げて、悩ましげな顔をする。だが唐突に顔を上げると、にやりと悪い笑顔で私に右手を差し出すのだった。

「ねえ聖女様。わたくしと手を組まない？」

# 第六話

——夜が明けて、継承選四日目。

「なんと畏れ多いことを！」

朝一番、聖堂の祭壇で一人佇むマリウス大司教に「皇帝陛下の遺体を確認したい」と声をかけてみたところ、概ね予想通りの反応を示された。

「陛下のご遺体は、すでに我らの手でお調べしております。それをなぜ、今になって墓を暴くとおっしゃるのか！」

「私が皇帝陛下のご遺体を確認した時。首には傷が一つしか見当たりませんでした」

予め用意していた言い訳を、私は一言ずつ丁寧に口にする。

「己の首を切りつけるのに、躊躇しない人などそうはいません。多くはたった一度の傷が致命傷になることはなく、同じ場所にためらい傷ができるものです」

「それがなんだとおっしゃるのです」

「お亡くなりになった際の状況を含め、皇帝陛下の死には不可解な点が多く残っています。そうした謎を再検討するために、陛下のお傷をどうか確認させてください」

精一杯の敬意でもって腰を深く折る。

これでなんとか大司教の頑なな心を解かせないものか――と期待したけれど、残念ながら私の礼は、彼の心にさして響かないようだった。

「お断りする！　もう十分な調べは済んでおります。聖女殿の身勝手な思いつきで皇帝陛下の玉体を晒すなど、許されるものではない！」

「ですが」

「中立を謳えばいかなる暴虐も許されるとは思わぬことですな！」

不満をあらかた吐き尽くすと、マリウス大司教は踵を返してしまう。

これ以上追い縋ることもできず、私はただただその場に立ち尽くした。

「聖女様は駆け引きが苦手でいらっしゃるのね」

柱の陰からするりとレーゼ皇女が姿を現す。

「あれではマリウス大司教でなくとも許可なんて出してくれないわ」

「ならレーゼ殿下が代わりに大司教様を説得してください」

「無理よ。わたくし、聖女様以上に嫌われているもの」

けろりと皇女は言ってのける。

……嫌われ者同士が協力すべきではなかったのかも。

後悔がさっそく押し寄せるが、もう後に戻れない。さっそく私たちは次なる手を考える羽目となった。

「ロディス殿下からお願いしてもらうのは難しいでしょうか」

「お兄様も嫌われているからね。ただ他の兄弟たちの協力も望めないし……。ああ、そうだわ」

レーゼ皇女はぽんと手を打った。

「アドラスに頼んでもらうのはどうかしら。暫定皇帝の依頼なら、大司教も無下にはできないでしょう」

「アドラスさん、ですか……」

気の重さが声に出てしまう。私から一方的に距離を取っておいて、彼を利用するのは気が咎めるのだ。

そんな私の迷いを嗅ぎつけて、皇女は「あら」と細い眉をぴんと動かした。

「あなたたち、何かあったの？　最近急によそよそしくなって、様子がおかしいとは思っていたけれど」

「べつに、何もありません」

反射的にそう答えるが、目敏い皇女は見逃してくれない。

「嘘が下手ね。それでは何かあったと言っているようなもの――」

「あ、あの……」

そこで控え目に横から呼びかけられる。

私と皇女が顔を上げると、側廊からこそこそと修道院長がこちらに歩み寄ってきた。

人目を憚るような彼の姿に、何やら秘密の気配がする。

「ミュラー修道院長。どうされましたか」

問いかけると、修道院長は「しっ」と口元に人差し指を立てた。

「お静かに。お見せしたいものがございます。私の部屋においでください」


案内されたのは、修道院長の執務室だった。

修道院長は私とレーゼ皇女を椅子に座らせると、薄い冊子を手渡してくる。

「これは？」

「皇帝陛下のご遺体を検分した際の記録になります。私の権限ではご遺体をお見せすることはできませんが、この記録からも多少のことは分かりましょう」

とんでもない重要書類ではないか。

いそいで紙を捲ると、私はびっしりと並ぶ文字に目を走らせた。

「頸部の傷の深さ、形状、損傷した臓器、魔術の痕跡――」

想像していたより遥かに事細かな情報が、文書の中に詰まっている。胃の内容物に関する記載まであって、隣でレーゼ皇女が顔を顰めた。

そうして読み進めるうちに、とある記載の所でぴたりと視線が止まった。ゆっくりと、その箇所を読み上げてみる。

「『右下腿に手掌大の瘢痕あり。五年前の熱傷の跡と一致する』……」

「五年前？　もしかして狩猟会で起きた事故のことかしら。暖を取るために従騎士が起こした焚き火が燃え広がって、皇帝陛下の服に燃え移ってしまったことがあるのよ」

確かその時、ひどい火傷をされたはずだわ、とレーゼ皇女は思い出を語る。その一言で、私の皇帝陛下入れ替わり説はあっさりと打ち砕かれた。

「つまり皇帝陛下のご遺体は、陛下ご本人である可能性が極めて高いということになりますね」

「そうね。新しい傷はともかく、古い傷を偽物が用意するのは難しいでしょうし」

最後まで目を通して、ぱたりと冊子を閉じる。そして向かいに腰掛ける修道院長に、小さく頭を下げた。

「ありがとうございます、ミュラー修道院長。こちらの資料、大変参考になりました」

「お役に立てましたなら幸いです。私としても、皇帝陛下の自害の謎はぜひとも解明していただきたいので」

修道院長は弱々しい笑みで応える。だが彼の様子はどこか心ここに在らずと言った様子で、動きにも落ち着きがない。

彼が私たちを呼び寄せた目的は、遺体の検証書類とは別のところにあるようだった。

「あの、聖女様。以前の話の続きを、こちらでしてもよろしいでしょうか」

「話、ですか」

そう言えば二日目の朝も、彼は私に〝呪い〟について相談があると言っていた。なかなか時間を取れずにいたけれど、修道院長はずっと私に話を切り出す機会を窺っていたのかもしれない。

「あら、秘密のお話かしら。もしお邪魔なら、わたくしは退席するけれど」

「いえ。ぜひご同席ください。この話は、レーゼ様にも無関係ではありませんので」

腰を浮かしかけた皇女を、修道院長はすかさず止める。彼は周囲に誰もいないことを確かめると、重い口を開くのだった。

「実は一つだけ。皇帝陛下の死に関して、ずっと気がかりなことがあったのです。お二人は、一ヶ月と少し前に皇帝陛下御付きの侍医が服毒自殺したのをご存知でしょうか」

初耳だった。一ヶ月と少し前となると、トレバー卿が失踪するより前の時期になるのだろうか。

一方レーゼ様は、修道院長が口にした事件に心当たりがあるようだった。

「リヒター医師のことでしょう。確か奥様が突然亡くなって、それを苦に宮殿内で自害されたと聞いているけど」

「そのリヒターです。彼は私の古い友人でした」

貴族の三男坊である修道院長と、代々宮廷侍医を輩出してきた家門の跡取りであるリヒター医師は同年の幼馴染であるという。

修道院長が信仰の道に進んだことで、二人が直接顔を合わせることはほとんどなくなってしまったが、その後も細々と手紙のやりとりだけは続いていたそうだ。

「リヒターは私の大事な友人でした。それなのに私は、彼の悲しみに寄り添ってやることができなかった。だからせめて、祈りを捧げたいと私は彼の家を訪ねたのです」

自ら命を絶った者は、死後天界に至る門を閉ざされる——というのが、帝国教会の教え。だから修道院長は、友人の死後の安寧を密かに祈ろうとしたのだ。

「ですがそこで、屋敷の方から驚くべき事実を聞きました。なんとリヒターの奥方も自害して亡くなっており、リヒターはその場面を目撃していたというのです」

私とレーゼ皇女は、「え」と揃って驚愕に声を詰まらせた。

「それは、まるで……」

「はい。皇帝陛下ご自害の様子とよく似ております。しかも彼の家では奥方が亡くなるほんの数日前に、使用人の青年も首を吊って亡くなっていました。そしてその青年の恋人も、青年が亡くなる前日に自害していたというのです！」

ならば四人が、立て続けに自害したということになるではないか。

ただ四人亡くなっただけでも見えぬ不安が掻き立てられるのに、それがすべて自死だったとなると、耳を疑いたくなってしまう。

「その話を聞いた時には、単に不幸な偶然が重なっただけだと、深くは考えないようにしておりました。ですが、陛下までもがご自害されたとなると話は変わってきます。これだけ自ら命を絶つ人が偶然連なるものでしょうか。私にはこれが、人から人へと伝播する死の呪いにしか見えぬのです！」

　言い切ると、修道院長は体を震わせた。顔は恐怖で真っ青になり、目元には隠しきれない疲労が見える。

　よくよく思い返せば、この人ははじめて会った時から私に何かを伝えたそうにしていた。きっと長いあいだ、不気味な自死の連鎖に一人で怯えていたのだろう。

「ですがこれは、呪いではない可能性が高いと思います」

「呪い、ではない……？」

「皇族の方々には加護があります。ですから皇帝陛下が、呪いで亡くなるはずがないのです」

　重大な事実を思い出したかのように、修道院長はぽかんと口を開けた。

　皇族の人々は呪術から身を守るため、胎児の頃に加護と呼ばれる魔術を施される。かつてこの加護の存在が、アドラスさんの身分を証明する大きな鍵となったのだ。

「忘れていたわ。そう言えば、そんなものがあったわね」

　レーゼ皇女は自身の胸に手を置いた。当然、彼女の魂も加護で守られていることだろう。

「加護の力は強力です。それゆえ呪術師たちは、加護を持つ皇族たちを狙うことはないと以前聞いたことがあります。ですからリヒター医師たちはともかく、皇帝陛下の死が呪いによるものである可能性は低いのではないでしょうか」

「……お恥ずかしい。加護は帝国教会に伝わる秘儀ですのに、すっかり失念しておりました」

青ざめた頬を恥じいるように上気させながら、修道院長は顔を伏せた。けれども彼の表情には、いまだ恐怖が宿っている。

「ですが、私にはこの話が偶然であるとはとても考えられないのです」

「ご友人が亡くなられてから、もう一ヶ月半が経過しているのですよね。だとしたら、皇帝陛下の死だけ自死の連鎖から期間が離れている。もしかしたら皇帝陛下の死と、ご友人の死はそれぞれ別の問題なのかもしれません」

人は不可解な事象に共通点を見つけると、つい一纏めにしたくなるものだ。今回の場合は、自死。その共通点が、伝播する死の呪いという幻像を作り上げたのだ。

「継承選が終わったら、私もご友人のご自宅にお邪魔してみます。ご友人の死に関しては、魔術的な素因も否定はできませんし、そこまで短期間のうちに自死が続くのはやはり不自然だと思います」

「……そうですね」

どこか自分を納得させるかのように、修道院長は頷いた。

「少し、冷静さを欠いていたかもしれません。こうも近くで自害が連なることなど、これまでなかったものですから……」

「ご不安に思われるのも当然だと思います。どうかご友人が安らかでありますように」

ありがとうございます、と修道院長は穏やかに笑む。

けれどもついに、彼の顔から不安が消え去ることはなかった。


「聖女様は、自死の連鎖をただの偶然だとお考えなの？　修道院長はあまり納得されていないようだったけど」

修道院長の執務室を出たところで、レーゼ皇女が訊ねてきた。「いいえ」と私はかぶりを振る。

「偶然と必然、どちらの可能性も考えています。ああは言いましたが、やはり自死が連続して発生するのは不自然ですので」

「……そうね。しかも自死を目撃したという状況まで同じなんて、やっぱり気味が悪いわ」

短く言葉を交わすと、私たちはレーゼ皇女の部屋に向かうことにする。

皇帝陛下の入れ替わりは否定された。となると、新たな仮説を立てて検証していかなければならない。私たちには時間がないのだ。

だが宿舎の前に至ったところで、私たちはこちらを待ち受けるようにして佇む小柄な人影と相対することになった。

「レーゼお姉様。よかった、お話ししたいことがあって探していたの」

レーゼ皇女の姿を認めるなり、フレスカ皇女がにこやかに駆け寄ってくる。

先日の牙を剝くような態度とは打って変わって、妙に馴れ馴れしい笑顔だ。

それにいつもはビアンカ皇女とぴったりくっついて二人で行動しているのに、今の彼女は供も連れず、たった一人で行動しているようだった。

「話したいこと？　何かしら」

レーゼ皇女は片眉を上げて、妹姫を見下ろす。

フレスカ皇女はちらと私を気にする素振りを見せるが、すぐに気を取り直すと、真剣な眼差しで言い切った。

「お姉様。そろそろ再投票を認めてちょうだい。そして、私に投票してほしいの」

「あのね、フレスカ……」

「もちろんただでとは言わないわ。もし私が皇帝になったら、まず真っ先に皇帝陛下の死の真相について調べさせるわ。調査の全権をお姉様に委ねてもいい。何だって、好きにさせてあげる」

姉の言葉を遮って、フレスカ皇女は捲したてる。その一言一言を受け止めて、レーゼ皇女は穏やかに返した。

「悪いけど、そんな条件で頷くことはできないわ」

ぎり、とフレスカ皇女は瞳を鋭く光らせた。だがすぐに目尻を緩めると、「もちろん、それだけじゃないの」と笑顔を作り直す。

「お姉様に子供が生まれたら、その子に継承権をあげる。どうせ私とビアンカだけでは子供を十人も産めないもの。そうしたら、お姉様の子が皇帝候補になるのよ」

「で、次はわたくしたちの子供同士を競わせるつもり？　とても楽しそうなお誘いね」

柔らかに皮肉を口にするレーゼ皇女は、どこか妹を憐れむようでもある。

そんな姉の余裕にとうとう我慢の限界が訪れたのか、フレスカ皇女はレーゼ皇女に摑みかかった。

「じゃあどうしろと言うの！　こんな形でアドラスが皇帝になったら、私もビアンカもどこにも居場所がなくなるわ。私たちには、継承権くらいしか価値がないのに」

「フレスカ……」

「お姉様はいいわね。はなから期待されていなかったのだもの。でも私たちは、継承選が全てだったの。私だって、本当は皇帝になんか――」

言いかけて、フレスカ皇女は最後の言葉を呑み込んだ。

自分がそんな言葉を口にしたのが信じられない、とでも言いたげに目を見開くと、失言を乱暴な態度で誤魔化すように手を振り上げる。

私は慌てて二人の皇女に駆け寄った。

「いけません、フレスカ殿下！」

「これ以上、私たちを馬鹿にしないで！」

制止の声も虚しく、小さな手はレーゼ皇女の頬に向けて振り下ろされる。皇女は張り手を受け入れるかのように、ただただその場に立ち尽くした。

だが白い頬が打たれる直前、フレスカ皇女の手首を横から大きな手がむんずと掴む。

「気持ちは分かるが落ち着け」

アドラスさんだった。彼はフレスカ皇女の手を掴んだまま、皇女二人の間に立ち塞がった。

「話し声がするので様子を見にきたら、こんな場所で言い争いか。ここでやりあったところで、状況は何も変わらないぞ」

「……離しなさいよっ」

遥かに高い位置から弟に諭されて、感情が鎮まったのだろうか。フレスカ皇女はアドラスさんの手を振り払うと、なおもレーゼ皇女を恨めしげに見つめる。だがこれ以上できることもないと悟ると、自分の部屋へと走り去ってしまうのだった。

その姿を見送って、レーゼ皇女は両肩を竦めた。

「ありがとう、アドラス。助かったわ」

「べつにあなたを助けたわけではない」

とたんにぶすっとしかめっ面で、アドラスさんは顔を背ける。

「俺だって、自分が女だったらあなたを思う存分叩いていたさ。たださっきは、ヴィーが——」

私が、何だったのだろう。

けれども先を聞く勇気がなくて聞こえぬふりをしていると、アドラスさんは何もなかったかのように、一つ咳払い(せきばら)をした。

「何でもない。ところで、お二人はなぜ一緒にいる」

「たまたま近くでお会いして、少し話をしていただけよ」

皇女の声は驚くほど自然だった。私たちが一時的に協力していることは、あくまで秘密にするつもりらしい。

「そうか」

なんでもないようにあっさり話題を切ると、アドラスさんはレーゼ皇女に向き直った。

「分かっているとは思うが、明日で最終日だぞ。あなたはどうするつもりだ」

「言ったでしょう。真実が明かされない限り、再投票に応じるつもりはないって」

「その真実とやらのためなら、俺が皇帝になっても構わないと？」

「誰が皇帝になろうが、わたくしには関係がないもの」

無責任に聞こえる言葉に、アドラスさんは表情を険しくした。あら怖い、と煽(あお)るようにレーゼ皇女は口の端を持ち上げる。

だがアドラスさんは一瞬私に視線を流すと、さっと顔を隠すように私たちに背を向けた。

「……ここであなたと問答を続けても意味がない。その代わり、明日は何がなんでも再投票に応じてもらうぞ」

それを捨て台詞に、アドラスさんは礼拝堂の方角へと消えていく。

結局、私と彼が言葉を交わすことはなかった。

「これまでの反応を見る限り、クロイネルお兄様、シメオン、フレスカ、ビアンカは陛下のお気に入りではないわね」

部屋に着くなり、椅子に腰掛けながらレーゼ皇女は兄弟たちの名前を口にした。

「ロディスお兄様、アドラスはもともと対象外。つまりお気に入りの候補はハルバート、エレノア、レイナルドの三人に絞られるわ。奇しくも、皇帝陛下自害の現場を目撃した三人が残ったわね」

彼女はここ最近の兄弟たちの様子を見て、皇帝陛下の寵愛を受けたという候補者を割り出していたらしい。

他者の機微を察することに長けた、レーゼ皇女ならではの分析である。私にはとうてい真似できない芸当だ。

だが相手を挑発して反応を見るレーゼ皇女のやり方は、どこか痛ましくもあった。

「明日はこの三人に絞って揺さぶりをかけてみるわ。最終日ともなれば、ずっとだんまりを続けていた人も、何かしら動きを見せてくるはず」

「……殿下はそれでいいのですか」

そんな疑問が自然と口にのぼってくる。

レーゼ皇女は私の言葉の意味を測るように、「どういう意味かしら」と小首を傾げた。

「そうしてわざと憎まれ役を演じるやり方は、少なからず気持ちを削るはず。いくら目的のためとは言え、お辛くないですか」

「あら。わたくしが辛そうに見えた？」

「分かりません。ただ、先ほどフレスカ殿下とお話ししていらした時、少しいつもと様子が違っていらしたので」

「……聖女様って、鈍いようで人のことをよく見ているのね」

私の指摘に、レーゼ皇女は痛いところを突かれたように眉を下げた。しばらく椅子の手すりを指でなぞりながら、ふと問いを投げてくる。

「ねえ、聖女様。この国では古くから皇子皇女に等しく継承位が授けられているのに、いまだ歴史の中で女帝が擁立されたことはないの。なぜだか分かる？」

しばし考えてみる。

女帝が存在しない理由。それはこれまでの経緯から、うっすらと察することができた。

「女帝一人では、十人以上の子を産めないから……でしょうか」

「正解よ。さすがね」

先刻のフレスカ皇女との会話でも、そのことについて触れられていた。

皇帝の実子である皇子皇女十人に継承権を与えるのが、この国のしきたり。けれど男性が十人の子供を持つのと、女性が十人の子供を持つのとでは、まるで意味が違うのだ。

「男の皇帝になら、支援した貴族たちは娘を妃として差し出すことができる。さらにその娘が皇帝の子を産めば、その貴族は次代皇帝の祖父という地位を狙うことだってできてしまうの。……でも、女帝相手ではそんな方法通用しないでしょう？　だから野心家の貴族たちは、より見返りのある男の皇帝を望むのよ」

聞いていて、あまり面白い話ではなかった。赤子を政治の駒のように扱う帝国貴族たちのやり方にはいまだに慣れない。

「だけど、フレスカたちは双子として生まれついてしまったばかりに、余計な期待を背負わされる羽目になってしまった。ただ互いに確実な一票を持っているだけなのに、皇帝候補として窮屈な日々を強いられてきたそうよ。

……そんなあの子たちを追い詰めるのは、正直胸が痛むわね」

フレスカ皇女に対して憐れむような態度を取っていたのは、そんな事情があったからなのか。

レーゼ皇女の横顔はいまだ気遣わしげで、そこに一抹の罪悪感も垣間見える。この人とて、まったくの悪人ではないのだろう。

「それより聖女様」とレーゼ皇女は強引に話題を切り換える。

「やっぱりアドラスと何かあったでしょう。さっきも二人して目を合わせようとしないで、かえって不自然だったわ。二日前まで仲良く並んで歩いていたのに、何があったの」

「……それは」

今度はこちらが痛い話題を突かれ、声が裏返った。

けれども下手な誤魔化しがレーゼ皇女に通用するわけもなく、結局私は事の経緯を白状する。

「私とアドラスさんの距離が近いせいで、色々と周囲にあらぬ誤解を招いてしまったようなのです。だから少し、距離を置くことにしただけですよ」

「根も葉もない噂のために、アドラスとの関係を絶ったということ？　つまらない真似をしたものね」

私の告白を、レーゼ皇女はばっさりと斬り捨てた。あまりに無遠慮な物言いに、思わず顔を顰めてしまう。

「そうはおっしゃっても、私には責任が――」

「じゃあ聖女様。たとえば契の聖女様が男性と親しげに会話をしているのを見たとして、あなたはあの方が不淫の誓いを破っているのだと思う？」

反論を遮って、妙な質問を投げかけられた。

答えぬわけにもいかず、仕方なく私は首を横に振る。

「……思いません」

タリヤ様は厳格なお方。男性と共にいるくらいのことで、彼女を疑ったりなどするわけがない。

「そうね。でも聖女様がアドラスと共にいると、それだけで良からぬ仲だと疑われる。それはなぜかしら」

「え……？　わ、分かりません。なぜでしょう」

「聖女様が若くて可愛くて頼りないからよ」

レーゼ皇女はきっぱりと断言する。

「こんな小娘が、聖女の役目をまっとうできるはずがない。こんな小娘が、若い男と共にいて、心揺らがぬはずがない……。そんな人々の無意識の侮りが、聖女様への疑念となってしまうの」

「あ……」

無意識の侮りが、疑念に繋がる。言われてみれば当たり前のことなのに、レーゼ皇女の言葉はすとんと私の中で腑に落ちた。

確かに人々の目には、私が頼りなく信用ならない娘に見えることだろう。そのせいで、いらぬ不審を招いたことも何度もある。

「みなあなたがどんな人物か知らないから、あれこれ勝手な不満や想像を押しつけたがるのよ。逆に契の聖女様ほどのお方になると、疑うことすら不敬なことに思えてしまうでしょう。あの方が積み重ねてきた〝潔癖な聖女〟という肩書きが、あの方自身を守っているの」

帝国の皇女として常に他者の視線に晒されてきた彼女の主張には、力強い説得力があった。

気づけば私はレーゼ皇女が語る声に聞き入っていた。

「だから聖女様も、毅然となさいな。そしてあなたの物見の力を世に知らしめて、聖女としての威光を確固たるものにするの。周囲の勝手な評価に踊らされて孤独になるなんて馬鹿らしいわ」

「……つまり殿下は、私がアドラスさんと距離を置く必要はないとおっしゃるのですか」

「もちろん、ただ一緒にいるだけではだめよ。アドラスと共にいて、それでもあなたが聖女として文句のない活躍をすれば、周囲も余計な口出しはできなくなるだろうって話だから」

レーゼ皇女が当たり前のように語る言葉一つ一つが、私にとって新鮮だった。

その意味を噛み締めていると、皇女は得意げに微笑みかけてくる。

「少しは参考になったかしら」

「はい。……レーゼ殿下は、お若いのにご自分の考えをしっかりとおもちなのですね。とても素敵です」

素直に頷くと、なぜかレーゼ皇女は目を丸くして、頬をかすかに赤らめた。そして

「なるほどね」と独り言ちる。

何がなるほどなのかは理解できないけれど、今の彼女はいつもの艶やかな姿より、ずっと魅力的に感じられた。きっとこれが、レーゼ皇女の素の姿なのだろう。

「レーゼ殿下。私からも、一つご提案があります」

「何かしら」

「明日、殿下の本当の目的を候補者の方々にお伝えしませんか」

レーゼ皇女の顔が警戒を帯びるのを感じた。私が彼女の計画を邪魔するつもりなのではと疑っているのだろう。だが構わず、私は続ける。

「再投票に応じろと言っているのではありません。ただ、殿下の本当のお気持ちを候補者の方々に伝えなければ、殿下が望む情報は得られないと思うのです」

「聖女様。それは……」

「弱みを晒したくないとおっしゃる、殿下のお気持ちも理解できます。それに、候補者の中にトレバー卿の殺害に関わった人がいる可能性もある。でも、殿下の本当のお気持ちを伝えた方が、上辺だけの駆け引きを続けるよりずっと、情報を得られる気がするのです」

私だって、レーゼ皇女の本当の目的を知ることがなければ、彼女と協力しようなどとは思わなかったことだろう。

彼女の本心に触れたからこそ、力になりたいと思えたのだ。

「聖女様。わたくしたちは、普通の兄弟とは違うの。今ではほとんど赤の他人のようなものなのよ」

「赤の他人ならなおさら、お気持ちをはっきり伝えるべきではないでしょうか。四日経っても大した情報を得られなかったのです。そろそろやり方を変えるべきだと思いますよ」

舌が回るレーゼ皇女も、これには反論できないようだった。

「……でも。いまさらなんて言えばいいのか分からないわ」

「素直に話せばいいのです。『自分はトレバー卿の行方を知りたくて、こんな真似をした。彼の行方さえ分かれば、再投票に応じる。だから情報が欲しい』と」

「世の人間は、聖女様ほど素直になりきれないものよ。……でも、そうね。考えておくわ」

それだけ言うと、レーゼ皇女は思考に耽るように瞳を閉じる。

拒絶はされなかった。今はそれでいい。

ほっと胸を撫で下ろすと、私は静かに皇女の部屋を後にするのだった。

# 第七話

——継承選最終日、早朝。

「聖女様！　聖女ヴィクトリア様！」

激しくドアが叩かれる音と共に、意識がぱっと浮上する。

慌てて飛び起きると、再び悲鳴に似た声が廊下の方から聞こえてきた。

「聖女ヴィクトリア様！　いらっしゃいましたら、お応えください！」

「お待ちください。いまゆきます」

上着を羽織って、扉へと駆け寄る。廊下にいたのはまだ年若い修道士だった。どうにもただならぬ様子で、顔は青白くわなわなと体を震わせている。

「ああ、聖女様――」

「どうされましたか。ずいぶんと慌てていらっしゃるようですが」

「そ、それが。その」

修道士は上手く回らぬ口をもどかしげにぎゅっと閉じる。そして意を決したように、大きな声で叫ぶのだった。

「当院の修道士が、自害いたしました。ミュラー修道院長が、すぐに聖女様をお呼びせよと仰せです！」


駆けつけた先は、祭具や文献を保管しているという資料館だった。貴重なものを扱うせいか、鍵付きの重厚な扉が廊下にずらりと並んでいる。

その一室に、大きな人だかりができていた。

「通してください」

断って中に入ると、すでに数人の修道士とミュラー修道院長が沈鬱な面持ちで私を待ち構えていた。

「ミュラー修道院長。どなたが亡くなられたのですか」

「ジュベルという修道士です。遺体は祭具係の修道士が発見しました」

修道院長が部屋の奥を指し示す。

亡くなっていたのは、黒髪の修道士だった。体はだらりと床に横たわり、胸には深々と突き立てられた短剣の柄が見える。両手足は床に投げ出され、血の気が失せた顔は呆然と天井を見上げていた。

「この部屋は、私が管理する祭具の保管庫になります。定時の備品確認に参りましたところ、昨日施錠したはずの扉がなぜか開いていて、中で倒れているジュベルを見つけました」

修道院長の隣に佇む祭具係の修道士が、今にも泣きそうな顔で語る。

言われてみれば室内には、濃い魔力を纏った祭具がずらりと棚の上に並んでいた。ここは特に貴重な品を管理する場所のようだ。

「我々が駆けつけた時、すでに遺体は冷えておりました。きっと合鍵を使用して、夜のうちに中に忍び込んだのでしょう。そして自ら胸を短剣で突いて、自害したのです」

修道院長は痛ましげに遺体を見下ろす。しかし彼の言葉は、妙に断定的だった。

「これだけでは自害かどうか、判断しかねます。他殺の可能性も考慮して、いますぐ敷地内にいる人すべてを集めるべきです。ご遺体も詳しく調べてみなくては」

「いいえ、自害の可能性が高いのです」

意味深な言葉を吐いて、修道院長は紙の束を差し出してくる。

どうやら手紙のようだ。紙にはインクで細かな字がぎっしりと書き込まれていた。

「それは？」

「ジュベルの遺書です。遺体を調べた時に発見しました」

絞り出すような声で言って、修道院長は苦しげに目を閉じた。

「すぐに候補者の方々をお呼びしなければ。ここにすべての真実が、記されております」

『皇帝陛下は、力をつけた帝国教会を警戒しておいででした。そしてついには、政から教会を引き離さんとする政策を密かに準備しはじめたのです。それを知ったマリウス大司教は何度も皇帝陛下の説得を試みましたが、陛下のお心を変えるには至りませんでした。そこで、陛下を毒殺せんとする恐ろしい計画を講じたのです』

亡くなった修道士ジュベルの告発文には、思いもよらぬ内容が綴られていた。

聖堂に集められた人々は、修道院長が読み上げる声を聞いて戦慄を走らせる。

「私が皇帝陛下の殺害を企てただと！　ありえぬ！」

左右を兵士に挟まれたマリウス大司教は、激しく首を横に振った。だが今回ばかりは修道院長も引き下がらない。

遺書の内容は更に続いた。

『計画のため大司教は私を連絡役にして、大司教の信奉者である侍医のリヒターに、陛下に毒を盛るよう命じました。リヒターは言われるがまま、陛下に薬と偽り毒を飲ませたそうです。しかし毒は陛下の臓腑を傷つけたものの、お命を奪うまでには至りませんでした。そしてその日から、皇帝陛下は耐え難い苦しみに苛まれるようになったのです』

「なんてことを」

悲嘆と怒りを孕んだざわめきが、人々の間に広がっていく。

病によって倒れたと思われていた皇帝が、実は毒に冒されていた。しかもその犯人は、大司教と宮廷侍医だという。

動揺するなと言う方が無理な話であった。

『幸い、我々の犯行がすぐに暴かれることはありませんでした。リヒターが陛下の症状を、持病の増悪であると診断したからです。ですが陛下のお変わりようは凄まじく、それからというもの、リヒターは自責の念に囚われるようになりました。もはや再び毒を飲ませることもできず、彼は己の手で痛苦の淵に落とした患者を治療せねばならなくなったのです。

しかも巡り合わせの悪いことに、しばらくして陛下の病状がただの病によるものではないと気づき始める者も現れました。それが、陛下の影武者であるトレバー卿です。彼はリヒターの診断に疑いを持ち、彼の周辺を探ろうとしているようでした。だから我々は、トレバー卿をも口封じのため殺害することにしたのです』

私の隣にいたレーゼ皇女が、勢いよく顔を上げた。遺書の内容に必死に耳を傾けながら、続きを読み上げるミュラー修道院長を食い入るように見つめている。

『トレバー卿の殺害はつつがなく終了しました。ただそのせいで、リヒターはますます悔悟の念に襲われるようになったようです。そしてとうとう彼は、皇帝陛下に飲ませたのと同じ毒を口にして、自害してしまいました。同じ頃、奥方を亡くしたことも影響したのでしょう。

その後はご存知の通りです。皇帝陛下は我々が与えた苦しみによって、自ら命を絶たれました。すべて、我々の罪深い所業が原因なのです。

私も、これ以上耐えることはできません。己の罪を償うため、自ら命を絶ち、リヒターと同じ地獄に身を落とす所存です。そして事件の真相が闇に葬られることのなきよう、私はここにマリウス大司教の罪を告発します』

「で、でたらめだ！　こんなもの、聞く価値もない！」

修道院長が語り終えると同時に、マリウス大司教は青筋をたてて抗議する。

対する修道院長の反応は、冷ややかだった。

「私も信じたくはありません。ですがジュベルが自害し、現場にこの遺書が残されていたのは紛れもない事実なのです。どうか真偽を確かめるまで、御身を拘束することをお許しいただきたい」

修道士たちが賛同の声を上げる。いつもは物静かな彼らだが、今は誰もが怒りに顔を歪(ゆが)ませ、非難の言葉を口にしていた。

――思わぬ展開になってしまった。

病によって倒れたと思われていた皇帝陛下が、実は大司教によって毒を盛られていたというのである。

にわかには信じ難い話だが、告発文には毒の入手経路やリヒター医師の行動についても詳細に書かれていた。

ここまで条件が揃ってしまっては、この文書を捨て置くことはできない。いまだ真偽は不明だが、このまま大司教を自由にさせておくわけにはいかないだろう。

「レーゼ。お前はこれをどう考える」

ざわめきの中、ロディス皇子が妹を見下ろす。彼の背後では、他の候補者たちがじっとこちらの様子を窺っていた。

もし遺書の内容が真実ならば、レーゼ皇女は望む情報を手に入れたことになる。もうこれ以上、継承選を引き延ばす必要がなくなるのだ。

「……そろそろ潮時かもしれないわね」

レーゼ皇女はぼそりと呟く。潮時、という彼女の言葉になぜか不安がかき立てられた。

潮時。本当に、潮時なのだろうか。

「ロディスお兄様。候補者同士で話ができるかしら」

「分かった。すぐに準備させよう」

ロディス皇子は背後の兄弟たちを振り返る。

「聞いていたな。検討すべき事項は山積みだが、今は継承選についての審議を優先させる。それでいいか」

誰も反対しなかった。みな大司教の騒ぎに戸惑いながら、どこかほっとしたようでもあった。

「待って。エレノアお姉様がいないわ」

ビアンカ皇女が大聖堂を見回す。彼女の言う通り、聖堂内のどこにもエレノア皇女の姿が見当たらなかった。

「今日はまだエレノアお姉様の姿を見ていないのよ。部屋にもいなかったみたい。何かあったのかしら」

「礼拝堂にいるのかもしれない。昨日もそこで祈っているのを見かけたよ」

「なら早く呼ばないとな」

候補者たちの表情は、心なしか明るかった。交わす言葉にも毒や棘がない。みな終わりの見えなかった継承選に一応の結末がつきそうで、安堵しているのだろう。

……だけど、本当にこれでいいのだろうか。

まだ大司教が悪であると決まったわけではないし、あの修道士も自害であるとはっきり分かったわけではない。それなのに、みな修道士の遺書だけを根拠に、無理やりこの継承選を終わらせようとしている気がする。

もしこれが、誰かの手によって作られた偽りの証拠であったなら。私たちは、罪なき人を追い詰めることになってしまう。

とっさにレーゼ皇女に声をかけようとしたところで、誰かが私の腕を摑んだ。

「おやめなさい。せっかく再投票の可能性が出てきたのに、それを邪魔するつもりですか」

タリヤ様だった。彼女は私を摑む手に、ぎゅっと力をこめる。

「これ以上事態をかき乱しても何も好転しません。今はそっとしておきなさい」

「ですが、もしこれで大司教様が無実だったとしたら」

「彼らとて、この事件が冤罪である可能性くらい考慮しているでしょう。ただ大司教が潔白かどうかは、外に出て調査をせねば分かりません。ならば真実はどうであれ、継承選の続きをさせた方が良いとは思いませんか」

「それは」

タリヤ様の言う通りだった。

いかにここで議論しようと、修道士の遺書が真実であるかどうかは大司教が罪を認めでもしない限り分からない。

それでもレーゼ皇女が納得すると言うならば、再投票をした方がより良い結果を得られるだろう。

……その方が、アドラスさんのためにもなる。

「さあ大司教、参りましょう」

兵たちは、なかなか動こうとしない大司教に移動を促す。

左右を屈強な兵士に挟まれ、大司教はとうとう観念したように項垂れた。

「……もうよい」

急に張りをなくした声で、彼は呻いた。

「事の深刻さを理解できない愚蒙どもめ。ただ神に祈りを捧げているだけでは、やがて神の威光は廃れゆくだけと、なぜ理解できぬのだ」

「……は？」

「かつては帝国皇室も、教会の威光がなくば民を率いることもできなかったというに。それも理解せず、あの愚かな皇帝は帝国教会を貶めようとした。だから私が手を下したのだ！」

これは自白、なのだろうか。それにしては様子がおかしかった。

焦点の定まらぬ目で、唱えるように怒りを語る大司教の姿は、どこか正気を失ってしまったようにも見える。

激しい怒りを見せていた修道士たちも、ただごとならぬ大司教の反応に、唾をごくりと飲み込んだ。

「ではあなたは、罪を認めるのですか」

修道院長は、額に一筋の汗を流して問う。

「なぜこのようなことを！　大司教ともあろうお方が皇帝陛下のお命を害したと知られれば、この国の信仰は崩壊してしまうのですよ！」

「そうだな。このままでは帝国教会はますます力を削がれることだろう」

狂乱の中にぞっとするほど冷酷な色を覗かせながら、大司教は両手を広げた。

「だから、すべてを無に帰すより他にあるまい」

――そう言い切ると同時に、大司教の体から、暗赤色の魔力が溢れ出した。

魔力は濁流のごとく広がって、瞬く間に聖堂の中を満たしていく。

突然の出来事に、私は一瞬身を強ばらせたあと、力の限り叫んだ。

「誰か、大司教を拘束してください！　彼は魔術を使う気です！」

叫びを聞いた警備兵たちが、慌てて大司教に手を伸ばす。だが遅かった。

次の瞬間、聖堂は光に包まれ、悲鳴と共に人々の体が霧のように消えていく。私も逃れることはできず、魔力に体を巻かれるのだった。

わずかな浮遊感のあと、どさ、と固い地面に体が落ちる。

「ここは……」

恐る恐る目を開くと、どこかの建物の廊下であるようだった。

「学問所のようですね」

背後から女性の声。振り向くと、立ち上がって周囲を見回すタリヤ様の姿があった。

彼女は何事もなかったかのように、服の埃を払っている。

「マリウス大司教の術によって、ここまで転移させられたようです。まったく、面倒なことを」

「転移……。そうか。私たち、転移術で飛ばされたのですね」

大司教があの奇妙な暗赤色の魔力を発したあと、聖堂にいた人々の姿が次々と光に包まれ消えていくのを視た。きっとあの場にいた全ての人が、結界内のあちこちに転移させられたのだろう。

「少々乱雑ではありますが、あれだけの人数を各所に転移させるなど、並の術者にはできない芸当です。大司教がこれほどの使い手だったとは……。彼を少々侮っておりました」

淡々と状況を整理していくタリヤ様の言葉を聞いていると、私も冷静になってくる。

立ち上がりながら、私はぽつりと疑問をこぼした。

「私たちを転移させて、大司教は何がしたかったのでしょう」

「逃走する腹づもりだったのではないですか。我々を遠ざけ、今頃聖堂から外へ脱出しているのかも」

「それなら自分だけが聖堂の外に転移して、囲壁を乗り越えた方がよかったのでは」

「……私に聞かないでください。とにかく、もう一度聖堂に戻りますよ」

問答はあっけなく遮断される。

それでも一人になりたくなくて、私は前を歩くタリヤ様の背中を追いかけた。

『だから、すべてを無に帰すより他にあるまい』

最後に聞いた大司教の言葉が頭から離れない。あの時の大司教には、これまでの彼とは違う何かに取り憑かれたような凄みがあった。

「これが、何かの策略でなければいいのですが……」

願うような呟きが口を掠める。

それと同時にぴた、とタリヤ様の足が止まった。

「タリヤ様？」

突然凍りついた彼女の目線の先を、私も辿る。

廊下の曲がり角から、黒い影のようなものがこちらを覗き込んでいた。

人のかたちをしているが、人間ではない。全身が真っ黒で、男とも女ともつかぬ体つき。まるで黒皮に綿を詰めて人をかたどったような姿であるが、奇妙なことに二本の足で自立して、目鼻のない相貌を確かにこちらに向けている。

「あれは……？」

『いた』

黒人形は、どこからかくぐもった声を発した。――かと思いきや、突然がばりと両手を広げて、タリヤ様に突進する。

「逃げなさい、ヴィクトリア！」

叫びながら、タリヤ様はとっさに右腕で自身の体を庇った。だが人形はその手を強引に掴み取ると、玩具をいたぶる赤子のように、タリヤ様の体を荒々しく振り回す。

「タリヤ様！」

私の悲鳴も虚しく、タリヤ様の体は振り子のように壁に叩きつけられた。あとに続くのは、骨が砕けるような嫌な音。

それでも人形は荒々しい手を止めず、弱った獲物の体に何度も拳を振り下ろした。

「やめなさい、この――」

「下がりなさい！」

駆け寄ろうとする私に、タリヤ様の鋭い声が釘を刺す。

次いで短い詠唱と共に魔力がぶわりと溢れ出し、たちまち風の刃が黒人形を切り刻んだ。

『ぎぃぃっ』

人形はタリヤ様を手放して、床の上をじたばたとのたうち回る。刻まれた体のあちこちからは血煙のように暗赤色の魔力が噴出して、やがてだらりと動かなくなった。

「これは……マリウス大司教の魔力の色？」

私が知る限り、魔力の色にそこまで個人差はない。けれども聖堂で大司教が見せた暗い赤は、はじめて目にする色だった。

ならばこの妙な人形も、マリウス大司教によるものなのだろうか？

「くっ」

苦しげなうめき声を聞いて、私ははっと我に返る。

壁ぎわではタリヤ様が、よろめきながら立ちあがろうとしていた。

「タリヤ様、大丈夫ですか！」

「おそらく肋と鎖骨を折られましたが、問題ありません。それより……」

声だけは涼しげにタリヤ様は首を振る。彼女の目は、床に転がる人形の残骸に向けられていた。

中身を吐き尽くした人形は、もはや黒皮だけを残して萎びた姿となっている。

「おそらくこれは、魔術師によって操られた〝傀儡〟です。傀儡は複数用意するのが魔術師の定石。他にもいると考えて、いますぐここを脱出しましょう」

「傀儡……？」

はじめて耳にする名前だった。使い魔のようなものだろうか。

ただタリヤ様の焦りぶりを見るに、ここでゆっくり説明を聞く余裕はなさそうだ。

私は疑問を引っ込めて、歩き出したタリヤ様と共に出口の方へと足を踏み出した。

――が。

『いた』『いた』『いた』

背後で不気味な声が複数重なる。

振り向くと廊下の奥は、新たな黒人形で埋め尽くされていた。その数は、ざっと数えて十体ほど。人形の群れは私たちと視線が絡むと、一斉にこちらへ跳躍する。

「――下に逃げますよ！」

タリヤ様が叫ぶやいなや、私は近くの階段へと駆け出した。しかし段差を降りようとしたところで、下階の踊り場でうぞうぞと蠢く無数の黒い人形が、弾かれたようにこちらを見上げてくる。

「タリヤ様、下にもいます！」

「なら上へ！」

背後に迫る気配を感じながら、夢中で階段を駆け上がった。そうして最上階に達すると、私たちは示し合わせたように書物庫の扉に飛びつき、部屋の中へと転がり込んだ。扉を閉め、かんぬき錠をかけると同時にドン！と部屋が大きく揺れる。人形たちが、扉を押し破ろうとしているのだ。

「扉から離れなさい！」

私を横に押しやって、タリヤ様は再び魔力を解き放った。素早く詠唱を終えると、扉に魔力の陣を張り巡らせる。

瞬間、扉が真白く光り輝き、廊下の外から『ぎゃっ』と複数の悲鳴が響いた。続いて焦げるような匂いが立ちのぼり、突然辺りはしんと静けさに満ちる。

「……何を、なさったの、ですか」

「扉に防護陣を張りました。これでしばらく奴らはこの扉に触れることができません」

あなたも触れてはなりませんよ、と念押しすると、タリヤ様はそっと扉から離れる。

とたんに緊張の糸が緩んで、私はその場にへたりこんだ。息が苦しい。必死に走ったせいで、心臓が痛いほど拍動している。

見ればタリヤ様も書架に背を預け、そのまま滑り落ちるように座り込んでいた。汗ばんだ肌に黒髪が貼りつき、肩は激しく上下している。左手は折れた鎖骨と胸のあたりを押さえていた。

「お役に立てず、申し訳ございません……」

何もできない自分が情けなかった。結局この部屋に逃げ込むまで、私はタリヤ様のお荷物にしかなっていない。

「助けていただきありがとうございます。次は私がタリヤ様をお守りします」

「余計なことはおやめなさい。あなたに暴れられても迷惑です」

決死の覚悟はあっさり却下された。本気で迷惑そうに言われてはこちらも食い下がることができず、しばし気まずい空気が漂った。

「……あの。先ほどの傀儡とは、いったい何なのですか。どうも、マリウス大司教の手によるもののようですが」

空気を変えるべく、違う話題を持ち出してみる。とにかく今は、何か話していないと落ち着かないのだ。

タリヤ様は左手で汗を拭うと、淡々と答えた。

「魔力を濃縮させ、その周囲に偽りの姿を与えた張りぼてを操る術のことを言います。あなたなら、傀儡に満ちる魔力を視ることができたのではないですか」

血潮のように魔力を噴き出す人形の姿を思い出す。魔力を失ったあとの人形は、ぼろ布のようになっていた。なるほど張りぼてとは、言い得て妙である。

「戦闘力はさして高くありませんし、知能もないので複雑な動きもできません。ただ精霊や魔獣を使役するのと違い、魔力さえあれば傀儡はいくらでも生み出すことが可能です。そのため古代の戦では、傀儡を多く用意して、兵力を埋める国もあったようです」

「確かに個々はそれほどでも、先ほどのように大勢で襲いかかられたら厄介ですからね」

いくら一人が強くても、数の暴力にはなかなか勝てない。『傀儡は複数用意するのが定石』というタリヤ様の言葉通り、圧倒的な数を揃えて少数を襲うのが、あの人形たちの戦い方なのだろう。

そこまで分かると、自ずとマリウス大司教の目的も見えてくる。

「……もしかしたら、大司教は継承選の参加者を一人残らず口封じするつもりかも。わざわざ私たちを転移させたのも、敷地のあちこちに分散させた人間を、大量の傀儡で各個に叩くためではないでしょうか」

単に逃げるつもりなら、傀儡まで用意する必要はないのだ。

追い詰められた末の手段にしては、巧妙な戦術である。マリウス大司教は、それほど強かな人物だっただろうか。

「ただ、人間の魔力には限界があります。これほどの傀儡を作り出したならば、いずれ大司教の魔力も尽きましょう。それまでこの結界が保つよう祈りなさい」

「亡くなった修道士の遺体があった祭具室には、高純度の魔力を含めた祭具がたくさん貯蔵されていました。もしあれを、大司教が魔術の触媒として使用していたら……」

つい嫌な可能性を口にしてしまう。

タリヤ様は眉間に皺を刻み込むと、首を横に振った。

「ならば、手のつけようがありませんね」

再び重苦しい空気が流れ出した。

扉を守護する結界は、規模は小さいがかなり複雑なつくりをしている。これだけで、かなりの魔力を消耗するに違いない。

しかもタリヤ様は、先日十人に誓約術を施したばかり。常人ならば、とっくに魔力切れを起こしていてもおかしくないのだ。

限界は、すぐそこにまで迫っていた。


扉に飛びつこうとする黒人形の横腹に、長剣を突き立てる。さらに別の人形の突進を躱すと、その体を蹴り上げてアドラスは咆哮した。

「全員、はやく建物の中に入れ！」

「は、はい！」

人々は転がるようにして石造りの建物に駆け込んでゆく。集団のしんがりを守るアドラスは、一人残らず扉の中へ入ったのを確認すると、振り返って周囲を見回した。

墓地や庭園のあちこちから、湧き出るように人形たちが姿を現す。いくら視線を巡らせても、彼女の姿はない。

「アドラス様、はやく！」

扉から顔を出したリコが、必死になって呼びかけてくる。

唇を強く嚙みしめると、アドラスは自らも扉の中に体を滑り込ませた。

「扉を閉じろ！」

ロディスが鋭く指示を飛ばす。

すると警備兵たちがすばやく扉に錠をかけ、さらに書棚や積み上げた机で入り口を塞いでいった。

ドン、ドン……。

人形たちが扉を叩く音が何度か響くものの、塞がれた扉はびくともしない。やがて人形たちも諦めたのか、地を鳴らすような不快な音はしんと静まる。

「た、助かった……」

アドラスの横に立つ若い修道士が、安堵の息を漏らした。その声は、かつてヴィクトリアをアドラスの情婦だと吐き捨てた男のものだった。

「アドラス殿下。助けていただき、ありがとうございました……」

修道士は涙ぐみながら、拝むように感謝する。それを「いや」と曖昧な返事で流しながら、アドラスはもう一度扉に視線を戻すのだった。

——大司教が暴挙に出たあと。

修道院の各所に転移させられた人々は、あちこちから湧き出す黒い人形の群れに追い回されることとなった。

運良くリコと共に貴人用の宿舎近くに飛ばされたアドラスは、まず自室に戻り愛剣を回収した。そのあいだにも続々と宿舎に人が集まり、一時はそこでの籠城(ろうじょう)を提案する人も現れたが、間も無くして建物の方が限界を迎えてしまった。

薄い窓硝子(ガラス)を破って、人形たちが建物の中に入りこんできたのだ。

アドラスは仕方なく人形を制圧すると、慌てふためく人々を引き連れ宿舎を脱出した。そうしたところ、すでに即席の救助部隊を編成していたロディス皇子たちと鉢合わせ、修道士たちが住まう僧房に誘われた。

重厚な石壁を鉄の門で閉ざし、薄暗い室内に採光用の小窓が光をこぼすだけのこの建物は、一見すると罪人を繋(つな)ぐ独房のような佇(たたず)まいをしていた。だがこの造りが、中で籠城するには最適だったのである。

それからは、救助と籠城の繰り返しだった。

人形たちが包囲を緩めた隙に、即席部隊を派遣して逃げ遅れた人々を救出。その後は僧房へと舞い戻り、人形たちの猛攻をやり過ごす。

アドラスも部隊に交じって各所に散らばる人々を回収し、今や僧房の談話室は継承選の参加者たちで溢(あふ)れかえっていた。

「これで何名揃った」

ロディスが談話室に集まる人々の顔を見回して問う。

「帝国議会議員が十名、修道士が二十八名、警護が——」

人数を集計していたベルタが、手元の紙を読み上げた。

「——使用人が十二名。そして候補者がエレノア様以外の九名になります」

「この場にいない人間は、あとどれほどいる」

「十名ほどですかねぇ……」

その中に、二人の聖女も含まれている。

再び焦燥が募って拳を握りしめていると、「アドラス様」とリコが不安げに顔を見上げてきた。

「すこし休んでください。もうずっと、外に出ずっぱりじゃないですか」

「俺なら問題ない。それより、まだ彼女が——」

「もういや！」

甲高い女の叫びが響く。声の主は床にうずくまる双子の片割れ——フレスカ皇女だった。

「どうして私がこんな思いをしなくちゃならないの。もうやだ、さっさと終わりにしてよ！」

「ちょっとフレスカ」と寄り添うビアンカがたしなめるが、姉姫の叫びは止まらない。

フレスカは立ち上がると、長兄ロディスに詰め寄った。

「ねえロディスお兄様。ここのみんなで逃げましょうよ。全員で一斉に移動すれば、きっと結界の外にたどり着くことができるわ」

「だめだ。お前たち全員を守って移動できるほどこちらに兵力はない」

「なら皇族だけでも脱出すればいいじゃない！」

「それなら可能かもしれないが、この場にいる護衛全てを脱出に動員することになる。そうなれば、残された者たちは丸腰でこの場に取り残されることになるぞ」

「……それに、わたくしたちがこの場を離れたら、まだ合流できていない人々はどうするの」

静かに問いかけるのはレーゼである。いつも微笑みを絶やさぬ彼女の顔が、今は思い詰めたように深刻な影を落としていた。

「安否が確認できていない人の中には、エレノアや聖女様たちもいるのよ。わたくしたちだけ逃げたら、彼女たちは助からないわ」

「いまさら善人面しないで。もともとお姉様が、私たちを騙したからこうなったんじゃない！」

詰る言葉と共に、フレスカは姉をきつく睨む。

レーゼは赤い唇をきゅっと結ぶと、長いまつ毛を下に伏せた。

「……返す言葉もないわね」

大司教が暴挙に出た原因はレーゼではない。それはレーゼ自身も理解していることだろう。

だが皇子皇女を聖堂に繋ぎ止めた結果、皆を予想だにしなかった危機に晒すこととなった現状に、少なからず責任を感じているようだった。

「いや。私も脱出には反対だ。ここに立てこもろう」

その時、レーゼに同調する声があった。なんと声の主はクロイネルである。

いつもなら真っ先にがなり立てそうな彼が、今は高圧的な態度をしまい込み、しおらしい声で提案した。

「ここで耐え続ければ、外の者たちが中の異変に気づくはずだ。軍の魔術師たちなら外から結界を解除できるかもしれない。だから救援が来るまで、ここでやり過ごした方がいい」

やはり彼らしからぬ主張だ。候補者や修道士たちは、これは何事かと目を丸くする。

フレスカも人が変わったように弱腰な兄の姿に、調子を乱されているようだった。

「なによ、急に……。再投票の可能性があるかぎり、ここにしがみつくつもりってこと？　そんなに帝位が諦められないの？」

「違う。ここを放棄することに反対しているんだ。その作戦だと、残される人間があまりに多すぎる」

「……外に誰かが出れば、救助を呼べるわ」

「それだって時間がかかるだろう。置いていく者たちを見捨てるような真似はできない。……シメオンも、私を庇って足を怪我したんだ。このままだと、置いていくことになってしまう」

部屋の隅で黙って足をさすっていたシメオンは「兄上……」と驚きでもってクロイネルを見上げた。クロイネルは声音を抑えたまま、苦しげに述懐する。

「シメオンは私と母の勝手な事情のためにここにいる。……いや、ここにいる誰もがはじめから、私たちの勝手な事情に付き合わされているんだ。即位の望みがないのに、余計な策を弄してアドラスに票を入れたのは私たちなのだからな。

それなのに、巻き込まれた人々を見捨てて我々だけがこの場から逃げようとするなんて、あまりに勝手な話だと思わないか」

「……」

「フレスカ、お前だって内心では責任を感じているのだろう。だからそんな態度で、虚勢を張っているんだ」

心の内を指摘されたとたん、フレスカの瞳が潤んだ。張り詰めた糸が切れたように、皇女は幼子のようにぽろぽろと涙をこぼす。そのまま彼女は妹に肩を支えられて、談話室の木椅子に座らされた。

「僕も残る方針で異論はないよ」

「そうだな、救助を待とう。命以上に大事なものはない」

ハルバートとレイナルドの同意が重なる。

一時は一触即発の気配が漂った室内が、にわかに和やかな温かさを取り戻すのだった。

——やっと、結論が出たようだ。彼らはこの石壁の中で、騒動が収まるのを待つつもりらしい。

長い議論を見届けたあと、アドラスは剣帯を締め直した。

「では、俺は残りの不明者たちを探しにいく。あなた方はここで救助を待っていろ」

それだけ言って、裏戸へ向かおうとする。

人々は突然のことに面食らい、呆然とアドラスの歩みを見守ったが、彼が談話室から出ていきそうになったところでリコとベルタが慌てて前に立ち塞がった。

「駄目ですアドラス様！」

「そうだよ落ち着けアドラスくん！　いくらヴィーちゃんが心配だからって、一人はまずいって！」

「それでも、誰も行かないよりはましだろう。邪魔をしないでくれ」

泣きそうなリコの顔を見ないようにしながら、アドラスは二人を横に退かせる。

どこに聖女たちがいるのか分からない。だがこのまま安全な場所で、外からの救助を待つ気にはとうていなれなかった。

次期皇帝の件も今となってはどうでもいい。一刻も早く彼女の無事な姿を確認しなければ、焦燥でいてもたってもいられなかった。

そんな主の気持ちを気取ったのか、やがてリコはきゅっと口を結ぶと、静かに道を空けた。

「待てアドラス。俺も行く」

「――は？」

不意を打つような同行の申し出に、アドラスは思わず振り返った。

聞き間違いでなければ、その声は彼の長兄――ロディスのものではないか。

「あなたが、俺と来るだと？」

「ああ」

ロディスは短く答えながら、壁に立てかけていた剣を手に取った。

「準備をするからしばし待て」

「……いやいやいや！　そっちが待ってくださいよ！」

アドラスを制止していたはずのベルタは、体をくるりとひねって今度はロディスの方へと飛んでいく。

その勢いたるや、アドラスを制止した時の比ではなかった。

「ここはアドラス君を止める場面でしょう。どうして殿下まで一緒に行く気になっているんですか！」

「結界の鍵が大司教の手にある以上、五日を過ぎても外部からの救援を望めぬ可能性があるからだ」

人々は「あ……」と言葉を失い顔を青くする。考えればすぐ分かることなのに、みな最悪の可能性から目を背けていたのだ。

「長期戦に持ち込まれると、装備と蓄えのない我々が圧倒的に不利となる。そうなる前に少数精鋭で隊を編成し、いずこかに潜む大司教を見つけ出して無力化させたい。だから、俺も行く。——お前も手伝え、アドラス」

どこかにいるはずの大司教探し。

それならば、不明者を探すついでにこなすことができるだろう。それに大司教を止めたなら、ひとまず皆の安全を確保することができる。

アドラスにとっても、悪くない提案だった。

「なるほどな。だが不明者を先に見つけた場合はどうする」

「状況を見て判断する。もし聖女の保護を優先したいと言うなら、お前の好きにすればよい」

「分かった」

短く意見を交わすと、アドラスとロディスは並んで歩き出す。

その背中をベルタは尚も引き止めようとするが、成り行きを見守っていたレーゼが「無駄よ」とため息をついた。

「お兄様がどれだけ頑固かは、あなたも分かっているでしょう。こうなったら諦めた方がいいわ」

「いや、諦める諦めないの問題じゃないですって！　暫定皇帝と、皇帝筆頭候補が二人で悪者退治に出かけるって言っているんですよ⁉」

「でもお兄様のおっしゃることも事実よ。それにわたくしも、エレノアと聖女様が心配なの……」

白い指先に髪をくるくると巻きつけながら、レーゼは思考に耽ってしまう。他の候補者たちも、長兄と末弟の決意に圧倒されて何も言えないようだった。

その後結局、ロディスとアドラスの他に名乗り出た三人の警護兵が捜索部隊に加わることになった。

全員で装備を確認し、人形たちの数が少ない裏戸へと向かう。

終始不満げな顔をしていたベルタは、最後にアドラスの側に寄るとこそりと囁いた。

「……アドラスくん。許されざる恋って燃えるけど、最後は泥沼に嵌って苦しくなるだけだよ」

嫌味ではなく、彼なりに気遣っての言葉なようだ。事実ベルタの瞳は、溺れる者を憐れむような色をしている。

まあ実際溺れているも同然な状態だな、と考えるとおかしくなってきて、アドラスは強張っていた頰を少し緩めた。

「心配するな。沈む時は、できるだけ静かに沈むつもりだ」

「は？」

それ以上は語らず、アドラスはベルタたちに背を向けた。

——一ヶ月前。あのアウレスタの大階段で、アドラスは己の想いを自覚した。よりによって、この世で最も清らかな聖女にころりと落とされてしまったのである。

あの時から、彼の負け戦が始まった。勝つつもりも引き分けるつもりもない。ただ納得の行く終わりを迎えるための、虚しい一人試合である。この先、彼女がアドラスの想いを知ることもないだろう。

だがそれでも、今の彼には彼女が必要だった。

どれだけ時間が経っただろうか。

足を抱えてじっと扉を見つめていると、いつの間にか陽が大きく傾いていた。

間もなく陽が沈む。夜を越えると、継承選最終日が終わってしまう。

だがそれより先に、タリヤ様の限界が訪れそうでもあった。

濃密な膜となってタリヤ様の体を覆っていた魔力が、今では服の毛羽立ち程度にしか視えてこない。それに彼女は負傷しているのだ。常人ならばとっくに意識を失っていてもおかしくない頃だろう。

「あまり視ないでもらえますか。私はあなたの目が好きではありません」

「失礼しました」

慌てて私はタリヤ様から視線を外す。

為人のみならず、眼球まで嫌われていたとは。ここまで嫌われ尽くすと、いっそ清々しい。

「本当に、嫌な目だこと。あなたに視られると、嫌なことばかり思い出します……」

しみじみと嫌味を言われる。けれども言葉の中に不思議と嫌悪が感じられなくて、どう返すべきか迷ってしまった。

「申し訳、ございません……？」

「責めているのではありません。……ヴィクトリア。七年前、私が神殿学校で行った講義を覚えていますか」

「え？……はい、もちろん」

七年前と言えば、タリヤ様が聖女に就任されたばかりの頃。

噂の新聖女が講義にいらっしゃると聞いて、ミアやほかの子供たちが色めきたっていたのをよく覚えている。神殿学校の子どもたちにとって、聖女は憧れであり一つの目標だったのだ。

「確か、ご自身が関わった和平締結と誓約魔術についてお話しくださいましたよね。夢中になって聞き入ったのをよく覚えております」

「聞き入った？」

汗が滲む頬に、タリヤ様は皮肉げな笑みを浮かべた。

「嘘をおっしゃい。七年前のあなたに、そんな可愛げはありませんでした」

「……タリヤ様は、そんな昔から私をご存知だったのですか？」

当時の私はまだ十歳。聖女どころか神官でもなく、雛鳥よろしく教室に詰め込まれた、無数の子供の一人に過ぎなかった。タリヤ様ほどの人物が、私を認識するはずなかったのに。

「肝心なことを覚えていないのですね。あれほど私を追い詰めたくせに」

「追い詰めた？」

ますます訳が分からない。私ごときが――しかもまだ子供でしかなかった私が、どうやってタリヤ様を追い詰めると言うのか。

私がしきりに首を捻っていると、タリヤ様は静かに過去の記憶を語り出した。

「確かに私は神殿の講義で、誓約術を用いた和平締結について話をしました。するとあなたは急に手を挙げ、『和平の内容よりも、いかにして対立する指導者たちを交渉の席につかせたのかを教えていただいた方がためになると思います』と面と向かって言ってきたではないですか」

「……そう、でしたか？」

全く覚えがない。だがいかにも幼い私が言いそうなことであるだけに、思い違いだと否定することもできなかった。子供の頃の私は、今よりもっと空気が読めなかったのだ。

「なんて子供だろうと思いました。他の子供たちは目を輝かせて私の話を聞いているのに、あなただけは寝ぼけたような顔で、お前の話に興味はないと面と向かって言い放ってくる。薄気味悪さすら感じて調べてみたら、あの聖女ジオーラの直弟子だと分かって、余計に忘れられなくなったものです。あなたが聖女に選出された日など、これは一体なんの因果かと、頭が痛くなりました」

タリヤ様の話があまりに衝撃的すぎて、上手く言葉が出てこない。

私はずっと、自分が前主席聖女ジオーラ様の直弟子だから彼女に嫌われているのだとばかり思っていた。勝手きままで我儘だったジオーラ様は、タリヤ様とも折り合いが悪かったのだ。

それがまさか、しっかり嫌われるだけのきっかけを自分自身で作り上げていたなんて。

「申し訳ございません。子供の頃は、配慮が足りなくて……」

「配慮が足りないのは、今もでしょう」

消耗しているはずなのに、タリヤ様の言葉の切れ味は変わらない。ただし、いつも鋭く光っていたはずの双眸は、遠くを見るように細められていた。

「……ですが、幼いあなたの指摘は正しかった。私の能力など、本当は和平締結になんの寄与もしていなかったのです」

「え……」

「すべて、オルタナ様のお力でした。あの方が戦いを抑制し、各国に働きかけ、指導者たちを和平の場に導いたのです。私はそこに立ち会って、命じられるがまま指導者たちに和平を誓約術で守らせただけ。それなのに、気づけば私は和平締結の立役者として、聖女の一人に選ばれていました」

　それは突然の告白だった。

　私が驚きに目を瞠るあいだも、タリヤ様は訥々と語り続ける。

「けれども聖女となってしばらく、私は愚かにも自分が実力で聖女に選ばれたのだと思い上がりをしておりました。ですから神殿学校で幼いあなたに指摘された時、己の無力さを――オルタナ様の栄光にしがみつき、甘い汁を吸う卑しい本性を暴かれたような気がして、震え上がったのです」

　タリヤ様の声には冗談も誇張も感じられない。彼女は本当に恐怖を覚えていたのだ。

「だから己を厳しく律し、神官たちの模範となるような聖女の皮をかぶり続けてきました。そうしている限りは、みな私を理想的な聖女として見てくれる。私の弱さを、その奥に隠し続けることができますから……」

　タリヤ様がここまで胸の内を明かしてくれるとは思わなくて、私は状況も忘れて彼女の言葉に聞き入った。

　常に完璧に見える彼女の裏側に、そんな悩みがあったなんて。しかもそのきっかけは、私の浅はかな言葉だったという。

「それなのに、大人になったあなたときたら、聖女になっても己の弱さや無能さを取り繕うことなく曝け出して、それを批判されてものほほんとしている。まったく、忌々しい。こちらはあなたに劣等感を刺激されて、必死に外面を守ってきたというのに」

「気にしていなかったわけでは……」

「しかも、いざ神殿を追い出そうとしてみたら、あなたはその物見の力とやらであっさりと一つの国を救い、聖女としての名声を手に入れてしまった。妬むなという方が無理な話です……」

タリヤ様が私を妬んでいた？

耳を疑うような話である。彼女が私にそんな感情を抱いているなどと、一度だって考えたことがなかった。

けれどもタリヤ様の声は真剣そのもので、自然と私も本心が引き出される。

「私だって、一人では何もできません。以前の私がどうであったかは、タリヤ様もご存知でしょう」

自分がなぜ聖女に選ばれたのか、自分が聖女として何を成せばよいのかまるで分からないまま、一年近くを無駄に費やしていたのである。

彼と出会わなければ、私は自分の役目に気づくことすらできずに神殿を追放されていたことだろう。

「私が聖女としてここにいられるのは、アドラスさんがいたからです」

彼の名前を出すと、タリヤ様がぴくりと眉を動かした。けれども不思議と後ろめたさは感じられない。数日前と違って、今は堂々と自分の気持ちを口にすることができた。

「弁えろ、とのお言葉は痛いほどよく分かります。ですが私が彼に救われ、聖女という道を進む決意をしたのは揺るぎない真実。タリヤ様のお力がオルタナ様と共にあることで発揮されるように、私もアドラスさんの助けがあるからこそ聖女としての自信を保てているのです」

「周囲は、あなたたちの潔癖など信じませんよ」

「タリヤ様は、私と彼が不純な関係にあると今も疑っていらっしゃいますか」

正面から問い返す。タリヤ様は黙って私と見つめ合うが、やがてうんざりしたと言わんばかりに視線を外した。

「……師に似て、口の減らない娘だこと」

タリヤ様は毒づくものの、それ以上何も言うことはなかった。

もしかしたら、ただ諦められただけかもしれない。それでも、今の私には十分だった。

『毅然となさいな。周囲の勝手な評価に踊らされて孤独になるなんて馬鹿らしいわ』

レーゼ皇女の言葉が思い出される。彼女の強かさが私に移ってしまったようだった。

わずかに笑みがこぼれてくる。

「でも、ありがとうございます。タリヤ様とこんなに本心を打ち明けられる日が来るなんて思ってもいませんでした」

「死ぬ前くらい、腹を割って話しておくのも悪くない、と思っただけです」

「…………なるほど」

残念ながら、あまり喜んでいられる状況でもないようだ。

タリヤ様の表情はこれまでにないほど穏やかではあったものの、肌の色は死者のように青白くなっていた。魔力の流れも大きくゆらいでいる。

「残念ながら……そろそろ限界のようです」

カリカリカリ……

扉の方から、壁を爪で掻くような音が聞こえてきた。

結界の効果が薄れてきて、黒人形たちが再びこの部屋に押し入らんとしているのだ。

「扉を、破られたら……とにかく、走ってお逃げなさい」

途切れ途切れにタリヤ様が言う。今にも意識が落ちてしまいそうなのを、あと一歩のところで踏みとどまっているのだろう。痛みで気を保とうとして、唇が強く噛みしめられていた。

「あなた、だけでも――」

そしてとうとう、声が途切れる。魔力が尽き果てて、意識を手放してしまったのだ。

それと同時に、扉に張り巡らされた防護陣がすぅっと光を失っていく。

タリヤ様の体を書架の陰に隠すと、急に一人取り残されたような不安が込み上げてきた。

もう防護結界はない。武器もない。ここからは、私の手だけでどうにかしなくてはならないのだ。

――ドン！

その瞬間、木製扉が大きく軋んだ。

たった一度の衝撃で、蝶番はすでにひしゃげている。こんな簡素な木製扉など、すぐに破壊されてしまうだろう。

こうなったら……

唾をごくりと呑みくだすと、私は瞬時に扉のかんぬき錠を引き抜いた。

――ドン！

衝撃音と共に、錠のかからぬ扉は勢いよく開け放たれる。人形たちは勢い余って、わらわらと床に転げて折り重なった。続く人形たちも、転げた人形たちに足をとられて次々と倒れてゆく。

「こちらです！」

人形たちの山を踏み越えて、私はなんとか廊下に躍り出た。走りながら、のろのろと立ち上がる傀儡たちに呼びかける。

「私はここにいます。早く来なさい！」

ちらと振り返れば、彼らは室内のタリヤ様には気づかずに、逃げ出す私に飛びかからんと一斉に走り出していた。

……このまま人形たちを引きつけて、遠くへ逃げ出せたら上々だったのだけど。

ほんのわずか走ったところで、髪を荒々しく摑まれた。そのままぐんと引き寄せられ、私はのけぞるように背中から倒れる。

痛みにうめきながら頭上を見やると、追いついた傀儡たちが、視界を埋め尽くすようにこちらへと黒い手を伸ばしていた。

「離して……っ！」

とっさに近くの手を払い除けようとする。けれども逆に自分の手首を掴まれて、さらに違う人形の手が、私の首筋に回された。ぎゅ、と込められた力で骨が軋む。

押し潰された喉からは声も出ず、急速に意識が遠のいた。

――その瞬間。

「誰かそこにいるのか！」

聞き慣れた青年の声が、どこからか聞こえてきた。

その声を耳にするなり、遠のきかけた意識が鮮明な色を取り戻す。

私は渾身の力で人形たちの手を振り払うと、力の限り声をあげた。

「私です！　三階の廊下の奥に、私とタリヤ様がおります！」

「――っ」

息を呑む音が、聞こえた気がした。

次に響いたのは、剣を鞘走らせる複数の音。

『ぎぃ』『ぎゃ』『ああ』

無機質な人形たちの断末魔が、幾重にも連なる。さらに床を蹴る靴音が近づいてきたかと思いきや、私を囲む黒人形たちの体が、闇を裂くようにして両断された。

「ヴィー！」

人形たちの合間から姿を現したのは、剣を手にしたアドラスさんだった。さらにその背後には、ロディス皇子と兵士たちの姿もある。

「アドラス……さん」

視線が重なると、アドラスさんの瞳の色がわずかにやわらいだ。けれどそれもほんの束の間のこと。彼はくるりと私に背を向けると、怒鳴るように声を上げた。

「まだ残党がいる！　壁ぎわに移動しろ！」

言われるがまま、私は這うようにして壁ぎわに移動した。それを横目で確認すると、彼は私を庇うようにして、再び剣を振り始める。

残された傀儡たちに、なす術はなかった。彼らは獣のようにアドラスさんたちへと飛びかかるが、闇を裂くような剣の一振りで次々と体を断ち断られていく。みるみるうちに数を減らす敵の姿を眺めながら、私は深く息をついたのだった。

最後の傀儡から刃を抜き取ると、アドラスさんは勢いよくこちらを振り返った。

「ヴィー、無事か！」

つかつかと歩み寄るなり、両肩をがしりと掴まれる。彼の勢いに圧倒されながら、私はこくこくと首を縦に振った。

「お、お陰様で、元気です」

つい間抜けな返事をしてしまう。

それでもアドラスさんは疑るように私の頭から爪先までを何度も観察するが、やがてほっと肩を下ろした。

「……良かった」

アドラスさんの口からこぼれ出たのは、安堵の声だった。私の肩を掴む力の強さに、彼の思いが伝わってくるようである。

「ご心配、おかけしたようですね」

「まったくだ。どこを探しても見つからなくて焦っていた時に、敵の群れの奥から君の声が聞こえてきて頭が真白に――」

早口で捲し立てようとして、はっと我に返ったようにアドラスさんは口を止めた。さっと視線を横にそらすと、私から手を離す。

「すまん」

そう言えば、私たちはここ数日気まずい関係にあったのだった。しかも、原因は私の態度にある。

それなのにこの人は、また私を助けに来てくれた。そう思うと胸がじんと熱くなって、泣きたくすらなってくる。

「本当にありがとうございます。アドラスさんも、ご無事でよかったです」

離されたアドラスさんの手をとって、両手で握る。

彼は驚いた顔で私を見つめるが、やがて「ああ」と照れくさそうに頬を掻いた。

「――敵が多い区画を進んで正解だったたな。聖女たちが見つかったのは僥倖だ」

剣を鞘に戻しながら言うのはロディス皇子である。彼の背後では三名の警備兵たちが、まだ意識の戻らぬタリヤ様を部屋から運びだしていた。

「皆さんも、わざわざ救助のためにここまでいらしたのですか」

「その通りだ」

この国の第一皇子は、当たり前のように頷いた。

「大体の人員は、すでに僧房へ避難させている。我々は合流できていない不明者救出と大司教確保のため、動ける者だけまとめてここまで来た」

あまりに無茶な計画に、開いた口が塞がらない――が、批判の言葉は声に出さずに呑み込んでおいた。

彼らが到着しなければ、私たちは殺されていたかもしれないのだ。

「それで、これからどうするおつもりなのです」

「引き続き捜索を続ける。できることなら、この人形を止めたいが……」

「なら私も同行します。私なら、大司教様の居場所が分かるかもしれません」

「……大司教の居場所が？　どうやって」

私は顔を上げると、じっと宙を見つめた。よくよく観察すると、千切れた細い魔力の残滓(ざんし)が、ふよふよと浮かんでいるのがかすかに視える。

「うっすらと、糸のように連なる魔力が視えます。おそらく大司教は、この魔力の糸で人形たちを操っていたのでしょう。これを伝っていけば、大司教様のもとに辿(たど)り着くことができるかもしれません」

「……だが、危険だぞ」

アドラスさんの顔が曇る。足手纏(まと)いを増やしたくない気持ちは分かるが、こればかりは譲れなかった。

「このまま後手に回っては、いずれこちらが不利となります。みなさんの体力が残っている今のうちに、大司教様をお止めしないと」

「分かった。ご助力願おう」

ロディス皇子はあっさりと了承した。この人の思い切りの良さは、どこかアドラスさんに似ている気がする。

「何にしても、聖女たちをここに残すことはできないし、人員を分断させたくない。アドラス、契の聖女殿はお前がお運びしろ」

「承知した」

アドラスさんは立ち上がって、兵士たちからタリヤ様を引き受ける。

アドラスさんに抱えられていると知ったら、タリア様はとびきり嫌な顔をするに違いない。彼女が目覚めなくてよかったと胸を撫で下ろしつつ、私はロディス皇子の背中を追った。

魔力の糸を辿った先にあったのは、塔の展望台へと繋がる急な石の螺旋階段だった。タリヤ様と護衛の兵士一人を下に残し、私たちは這い上がるようにして階段を登っていく。気が遠くなりそうな段数を踏み越えてゆくと、やがて突然、視界が大きく開けた。

「すごい……」

継承選初日に見上げた、天を衝く巨大な双塔。その頂上から見渡す景色は、言葉を失うほど壮大だった。

空が近い。そして眼下に広がるのは、夕陽に濡れる帝都の街並み。まるで精巧な模型を眺めるかのような光景に、自然と口からため息がこぼれ出る。

しかし今は、景色に見入っている場合ではない。慌てて視線を巡らせると、視界の隅に魔力の糸が確認できた。

「いました！」

糸は二つの塔を繋ぐ空中回廊へと伸びていた。そちらを見やれば欄干の外に身を乗り出し、今にも飛び降りんとする人影がある。僧衣の裾を風にはためかせるその人物は、間違いなくマリウス大司教だった。

しかも——

「エレノア！」

ロディス皇子が声を荒らげる。

大司教の腕の中には、口もとを布で塞がれた、華奢な女性の姿があった。

「……っ！　んん……！」

口に布でも詰められているのか、皇女はうめき声だけあげながら、なんとか片手で欄干にしがみついている。目は何かを訴えるように、こちらに向けて大きく見開かれていた。

「ち、近寄るな！」

大司教は私たちに気がつくと、皇女を盾にするように身構えた。瞳をぎらつかせてこちらを睨む姿は、まるで手負いの獣である。両足はすでに欄干を越えており、一歩踏み外せばすぐさま転落しそうな状態だった。

「それ以上近寄らば、皇女もろとも身を投げるぞ！」

「もう諦めよ、マリウス大司教」

ロディス皇子は静かに応じると、一歩にじり寄った。

「すでにあなたの罪は暴かれた。もはやいかなる手を使おうと、追及の手からは逃れられぬ。真に帝国教会の未来を憂うなら、今すぐ我々に投降しろ」

「うるさい！　わ、私はやらねばならなかったのだ！　神はきっとご理解くださる！」

支離滅裂な言葉を撒き散らしながら、大司教は大きくかぶりを振る。

「なにが皇帝か。なにが皇族か。所詮はあなた方も人の子ではないか。それなのに、皇帝陛下は神を軽んじ、教会から力を奪おうとした！　だから私は新たな皇帝を立てるべく、毒を与えただけのこと。それに命を絶ったのは皇帝自身。私が殺したわけではない！」

「毒によって、耐え難い痛みを与えたということだろう。ただ殺すよりずっとたちが悪い」

　軽蔑の声を吐き捨てるのは、アドラスさんである。

「その上罪のない皇女を道連れにしたら、あんたが敬愛する神々も黙ってはいまいぞ」

「……それは」

「聖職者ならば、罪を認め生あるうちに報いを受けるのが道理であろう。それでもまだ、抵抗するというのか」

　ロディス皇子の問いかけに、マリウス大司教は口をつぐんだ。だがつと天を仰ぐと、瞳に狂気を輝かせる。

「……もちろん、はじめより覚悟はできていた。だがあなたがたの辱めは受けぬ」

　言い切ると同時に、大司教の魔力が急激に高まった。短い詠唱ののちに、閃光が火花のごとく弾け散る。激しい光に思わず目を背けると、回廊からエレノア皇女の悲鳴が聞こえてきた。

「よせ、マリウス！」

　光で白んだ視界の中で、ロディス皇子の影が動いた。私も目を瞬かせながら、その後に続く。

再び視線を戻した時、エレノア皇女を回廊に残して、大司教の体は宙を舞っていた。

「ああ――」

大司教は必死の形相で悲鳴をあげながら、欄干に摑まろうと手を伸ばした。しかし指先は空を切り、彼の体は吸い込まれるように地上へ落下していく。

「見るな！」

下を覗き込もうとした私の体を、アドラスさんが引き寄せた。

目元を覆われると同時に、どさ、と何かが落ちる音が遥か下から聞こえてくる。

しばし、風の音だけが耳に響いた。アドラスさんが私から手を離した時、すでに皇女は口元の拘束を解かれ、ロディス皇子によって体を支えられているところだった。

「ヴィー、大司教はもう……」

「ありがとうございます、アドラスさん。でも、私の目で確かめます」

止めようとするアドラスさんに礼を言って、私はもう一度欄干に手をかけた。落ちないように、下を覗き込む。

痛ましい大司教の遺体が、そこにあった。

エレノア皇女はみなが方々に転移させられた直後、遅れて聖堂の中に一人踏み入ったという。

そこで大司教と鉢合わせ、人質代わりに塔の上へと引き摺られていく羽目になったのだ。

「大司教様は『教会の威信を取り戻さねば』と何度も口にしていらしたわ」

廊下をとぼとぼと進みながら、エレノア皇女は大司教に拉致されていた時間について語った。

「何のことか理解できなかったけど、大司教様が皇帝陛下を殺そうとしていただなんて……」

「とにかくその件は、継承選が終わってから協議する。負傷者も運び出さねばな」

と言いながら、ロディス皇子は背後のアドラスさんに視線を投げる。アドラスさんの腕には、不服げな顔をしたタリヤ様が再び抱え上げられていた。

「降ろしてください。自分で歩けます」

「さっき目覚めたばかりの方が何をおっしゃる」

タリヤ様の抗議を軽く受け流して、アドラスさんはさくさくと歩く。

「それに聖女を抱えるのはこれで二度目だ。そう気にされるな」

彼の軽口は、悪意がないぶんたちが悪い。タリヤ様はたちまち目尻をぎっと吊り上げると、なぜだか私を睨みつけた。

こういう時は、気づかないふりをするに限る。

そうしていると、マリウス大司教のことが脳裏に蘇った。

あの人は、私にも候補者たちにも不満を隠さぬ熱しやすい方だった。けれどそれは、裏を返せば嘘をつけない気性の人であるということ。狡猾な策でその場にいる人すべてを殺害しようとした邪な人物像と、彼の表の人物像が私の中で一致しないのだ。

違和感はそれだけではない。塔の上でも、おかしな点がいくつかあった。

なぜ大司教は、エレノア皇女ごと投身しようとしていたのだろう。

なぜ大司教は、投身する際に目眩しのような真似をしたのだろう。

なぜ大司教は……

「アドラス様、ヴィーさん！　ご無事でしたか！」

ぐるぐると考えながら歩いていると、前方から明るい声で呼びかけられた。

聖堂の飾り柱の陰からリコくんがぱっと顔を覗かせる。彼はアドラスさんが抱える人物にぎょっとするも、すぐに見て見ぬふりを決行して、パタパタと私たちに駆け寄ってきた。

そんな従者の姿に、アドラスさんは目を細める。

「リコ、どうしてここに。僧房に残っていた他の連中はどうした?」

「みなさん、人形が消えたのを確認して聖堂に移動しています。僕はアドラス様を探してここまで来たところです」

「ほう。よくここが分かったな」

「分かりますよ。アドラス様が通ったあとの道は、大体荒れていますから」

少し生意気に口の端を持ち上げると、リコくんはアドラスさんの横に並んだ。

「それと、レーゼ皇女殿下が再投票を認めるとおっしゃっていました。たぶんみなさん、聖堂で投票の準備を始めているはずです」

「それは朗報だな。では急ごう」

急に真剣な顔になって、アドラスさんは歩みを早めた。

リコくんの言葉通り、聖堂ではすでに候補者たちが祭壇の前に整列していた。ここでも人形たちが暴れたのか、参列席も彫像もひっくり返って雑然としているのに、投票箱だけが行儀よく主祭壇の上に置かれている。

「ほう、用意がいいな」

待ち構えていた候補者たちに、アドラスさんは胡乱(うろん)げな目を向ける。彼の疑心の筆頭たるレーゼ皇女は、髪を横に流すと「あら」とわざとらしく眉(まゆ)を下げた。

「そんなに身構えないで。これでも、それなりに反省しているのよ。投票用紙もちゃんと用意したから」

皇女は指先につまんだ小さな紙をひらひらと振って見せる。そこにはロディス皇子の名前がはっきりと書かれていた。

「――というわけで、わたくしも再投票を承認するわ」

待ち望んでいた言葉に、人々が肩の緊張を緩めた。

アドラスさんはと言うと、急かすように候補者たちの背中を押す。

「よし、これで全員の承認が得られたな。皆さっさと投票しろ」

初回の厳粛な投票とは打って変わって、大雑把な進行だった。

みな疲労で威厳を保つ余裕がないのか、空気もすっかり弛緩している。

「契の聖女様は怪我をされているようなので、票は私が代わりに集計いたします」

修道院長がすっと横から進み出て、投票箱の横に立つ。すると順番も待たず、候補者たちはひょいひょいと票を投じ始めた。

「で、では開票いたします」

若干調子を外されながら、修道院長は票を開き始める。そして十票の確認を終えると、こほんと咳払いをした。

「最多得票者が選出されました。その方は――」

「ロディス兄上だ」

クロイネル皇子が修道院長の言葉を遮る。

確信を込めた彼の声に、ロディス皇子は眉を寄せた。

「どういうことだ、クロイネル」

「言葉のままです。私もシメオンも——宿舎に残された者たちは全員、ロディス兄上に投票しております。みなで票を確かめあったので間違いありません」

候補者たちは賛同をこめて小さく頷く。あの双子姫たちですら、否定の声を上げなかった。

兄弟たちの様子を見て、クロイネル皇子は「はは」と力なく笑う。

「この一件ではっきりと思い知らされました。兄上こそ、この国の皇帝にふさわしい」

「これで違う人が最多得票者なら、ちょっとした大問題ね。どうかしら、修道院長？」

レーゼ皇女が訊ねると、修道院長は苦笑をにじませた。

「はい。最多得票者はロディス殿下でございます」

「おお」と様子を見守っていた人々の間に、感嘆の声が上がった。やっと迎えた継承選の終結に、誰もが疲労と安堵の息を漏らす。

その中からベルタさんが進み出て、ロディス皇子に深々と腰を折った。

「謹んでお慶び申し上げます、ロディス殿下。……やっと、決まりましたね。もう道のりが長すぎて、十歳は老けた気がしますよ」

「ああ」

皇帝になるというのに大した感慨も見せず、ロディス皇子は部下に応えた。けれども目元の光は、平時よりもわずかに優しい。

「苦労をかけたな、ベイルーシュ。お前には、よく働いてもらった」

「殿下」

珍しい労いの言葉に、ベルタさんは感極まって顔を上げる。そこにロディス皇子は「だが」と言葉を重ねた。

「問題は山積みだ。宮殿に移りしだい議会を緊急召集し、皇帝陛下毒殺未遂の件について急ぎ調査を始めさせる。関係者は一時すべて拘束。各教会にも兵を派遣し、聖職者たちの取り調べも再度行わねば」

「え」

「現状、俺の配下で事態を把握しているのはお前のみだ。手配は頼んだぞ」

絶句して動かなくなったベルタさんをそのままに、ロディス皇子は兄弟たちを振り返る。

「お前たちもだ。俺を選んだからには、相応の協力はしてもらうぞ」

この呼びかけに、皇子皇女たちは真剣な眼差しで応えた。

初日の継承選からは想像もつかないほどの連帯感である。私とタリヤ様が離れている間に、いったい何があったのだろう。

彼らを一歩離れた場所から眺めていたアドラスさんにも、ロディス皇子は声をかけた。

「アドラス、お前はこれからの身の振り方を考えておけ。生い立ちがどうであれ、お前は我々の弟だ。それにお前には、並ならぬ武芸の才がある。正直なところ、お前はこのまま手元に置いておきたい」

破格の褒め言葉だった。見ればあのレーゼ皇女ですら、鉄血皇子の言葉に口をぽかんと開けている。

アドラスさんだけが、いつも通りの調子で肩を竦めた。

「即位が決まったとたん勧誘か。あなたは本当にせっかちな御仁だな」

「そうでもしなければ、お前は今夜のうちに帝都を抜け出しかねないからな」

図星をつかれたように、アドラスさんは「む」と口を曲げる。けれどもふと口の端を緩めると、「そうだな」と穏やかな声で呟いた。

「……少し、考えてみよう。ひとまず、挨拶もなしに消えることはないから安心してくれ」

アドラスさんの隣で、リコくんが目を丸くして主人を見上げた。

あれほど宮殿暮らしを嫌がっていたはずの彼が、前向きな反応を示したことに驚いているのだろう。私も正直驚いていた。

彼が皇室に馴染むことはないだろうと、心のどこかで思っていたから——

「積もる話もあるけれど、そろそろ聖堂を出ませんか。大司教様のご遺体も、あのままにはできないし」

控え目な提案が、エレノア皇女から持ち上がる。

大司教の名前を耳にして、和やかな空気が再び重苦しくなった。みな意図的に、大司教の話題を避けていたのだ。

「そうだな。宮殿に戻り、早く次の手を打たねば。お前たちは、今日は休むといい」

「ボクも休みたいなぁ……」

「ベイルーシュ、お前は働け」

珍しく軽口を叩き合いながら、ロディス皇子たち主従は聖堂の扉に向かう。それに他の候補者たちや貴族たちも続いた。

とうとう、誓約と結界による封鎖は解かれた。長い長い五日間が、幕を閉じたのだ。

外に出れば体を休めることができる。負傷者を治療できる。新たな情報が得られる。そうしたらきっと、胸に溜まった違和感にも、答えが与えられるはずだ。

……そう思うのに、なぜだか私の足は、いまだ未練を残すように床から離れようとしなかった。

『一つの視点に囚われるな。あらゆる角度で物を見ろ。違和感を放置するな。矛盾を突き詰めろ』

頭に響くのは、亡き師ジオーラ様の言葉。

私はまだ、この聖堂でやり残したことが山ほどある。考えなければならないことが膨大にある。

もっと、思考しなければ。

『お前は、誰だ』

――トレバー卿が、耳元で囁いた気がした。

直後、散らばる小さな違和感が、ぺたりぺたりと繋がりあって、しだいに一本の線となっていく。その糸が織りなす真実が、おぼろげに見えた瞬間。

体が勝手に、哀れな皇女を呼び止めていた。

「……エレノア殿下」

エレノア皇女は不思議そうに振り返って、「なんでしょう」と首を傾げた。気品のある振る舞いに、おかしなところは何もない。

それでも私は、彼女に問わずにいられなかった。

「なぜマリウス大司教様は、殿下の手足を縛ろうとしなかったのです。口元は、声を出せないほど厳重に塞がれていたのに」

「え？　どうして、と聞かれても……」

「いや違います。そんなことよりもっと、殿下にお聞きしなければならないことがあるはず」

これまでのエレノア皇女の行動を、言葉を、私はひたすら遡っていく。

空中回廊での悲劇。継承選での会話。そして皇帝陛下自害の現場――

『その時、他のお二人はどうされていたのでしょう』

『ハルバートお兄様、レイナルドの順で私のすぐあとに部屋に入ってきたわ』

最後、一つの矛盾に辿り着いた瞬間。

戦慄が全身を駆け抜けた。

「……あなたは、本当にエレノア皇女殿下なのですか？」

様子を見守っていた人々が、「は？」と揃って疑問を浮かべる。私の唐突な言葉に、顔をしかめる人もいた。

「訳がわからないわ。いったい、私が何をしたというの」

「いいからお答えください。もしあなたが本当にエレノア殿下だとおっしゃるのなら、もう一度あなたの口から、皇帝陛下がご自害された時の状況をお話しいただきたいのです」

「でもその話は、もう何度もしたのに……」

「エレノア。話しなさい」

レーゼ皇女が私の横に並び立つ。

有無を言わさぬ姉に圧倒されて、エレノア皇女はおずおずと語り出した。

「えっと……。あの日、突然皇帝陛下の寝室に私とロディスお兄様、ハルバートお兄様、それにレイナルドが集められたの。それでしばらく、お父様からお声がかかるまで四人で寝室前に待機したわ。けど突然、扉の向こうから大きな呻き声が聞こえてきて……。そこでお父様に何かあったのかもと思った私は、部屋の中に飛び込んだ。そうしたら、寝台の真横でお父様がご自身に短剣を突きつけていて――お止めする間もなく、短剣を自分の首に突き立てたの」

　恐ろしい場面を思い出したかのように、エレノア皇女は青ざめながら身震いした。

　だが構わず、私は話の続きを催促する。

「それで、どうなりましたか」

「お父様が倒れたわ。首からは、血がたくさん噴き出ていた。するとまず、ロディスお兄様がお父様に駆け寄って、止血を始めたの。私も慌てておお父様に駆け寄って、お父様の意識が途切れないよう、手を握ってずっとお声をかけ続けた。でも、お父様はどんどん冷たくなるばかりで、結局お助けできなかった……」

　弱々しいエレノア皇女の語りに、候補者たちは顔を伏せる。みな当時の状況を思い出して、胸を痛めているのだろう。

　——でも。

　エレノア皇女は、当時の状況を語りきっていない。

「分かりました。ではその時、ロディス殿下とエレノア殿下以外のお二人——ハルバート殿下とレイナルド殿下は、いったい何をされていたのでしょうか。お二人に、不審な動きはありませんでしたか」

「なかったわ！」と兄弟たちを庇うように、エレノア皇女は健気に声を荒らげた。

「私のすぐあとに、ハルバートお兄様、レイナルドの順で部屋に入ってきたけれど、二人ともお父様の様子にとても驚いていた。二人は絶対に無実——」

「ありがとうございます。それで結構です」

ようやく聞きたかった言葉に辿り着いて、皇女の語りを中断させる。

エレノア皇女は不満げに口をつぐんだ。まだ自分がどんな失言をしたのか、気づいていないのだ。

「ハルバート殿下、レイナルド殿下にもお訊ねします。今のエレノア殿下のお話に、間違いはありませんか」

「あ……ああ。前にも言ったが、エレノアの言葉に嘘はないよ」

ハルバート皇子が首肯する。レイナルド皇子も「そうだな」と同意を示した。

ならば、もう迷いはない。私は人々の行方を阻むように両手を広げると、皇女の細い体を指差した。

「今より誰も、エレノア殿下に近づかないでください！　この方は、エレノア皇女殿下ではありません！」

「……」

この時の空気をなんと表現すればいいのだろう。みな目を点にして、エレノア皇女の姿を眺める。それから「こいつは何を言っているのだ」とばかりに、今度は私に戸惑いの目を向けた。

「い、いくらなんでもそれは無理があるわ。エレノアは、どう見たってエレノアだわ」

「さすがに姉妹が本物か偽物かくらい、五日も一緒にいれば分かるわよ」

居た堪れなそうに、双子姫たちが口を挟む。エレノア皇女も「そうよ」と同調した。

「聖女様は何をおっしゃりたいの。それに私、嘘なんてついていないわ。他の兄弟たちも真実を口にしているのに、どうして偽物だなんて言いがかりをつけてくるの」

「そう、あなたは嘘を言っていない。だからこそ、あなたの正体に気がつくのがここまで遅くなりました」

問題は、真実か否かではなかった。いかにして、その真実を手に入れたのかだったのだ。

「エレノア殿下。あなたはなぜ、ハルバート殿下、レイナルド殿下の入室の順番を、そんな正確にご存知だったのですか」

「え――」

「寝所の扉を開けたら、自ら首に刃を突き立て自害する父親の姿があった。父親は倒れ、今も血を流している。あなたは一瞬硬直したものの、兄に続いてすぐ父親に駆け寄り、父親の手を取って、必死に声をかけ続けた」

私の言葉に、幾人かの人々がはっと緊張の息を呑んだ。

「あなたの視線は、目の前の父親に釘付けになっていたはず。それなのに、あなたはどうして背後にいた二人の入室の順番を把握していたのです？」

「それは……」

エレノア皇女は言い訳を探すように目を泳がせた。次に薄笑いを浮かべて、

「もしかしたら、後で聞いた話を自分で見たように錯覚してしまったのかもしれないわ。だって気が動転していたのだもの。仕方ないでしょう?」

「後で聞いた話? 僕たちはどちらがどの順番で部屋に入ったかなんて、エレノアに話していないぞ!……いやそもそも、僕はエレノアに言われるまで、どちらが先に部屋に入ったかなんて細かいことまで意識していなかったんだ」

すかさずレイナルド皇子が首を横に振った。見えてきた矛盾を前に、不安と疑念をないまぜにした表情で、うわ言のように呟き出す。

「確かにおかしいよ。エレノア、どうして君はそんなことを知っていたんだ?」

「……わ、分からない。でも、嘘は言っていないわ! きっと、二人のどちらかがあとで私にそう説明したのよ。二人じゃないと、入室の順番なんて分からないでしょう」

「いいえ。あともう一人だけ、室内の状況を正確に把握していた方がいらっしゃいます」

とうとうここまで来てしまった。

これから私が語るのは、これまでになく荒唐無稽な推理の数々。きっと多くの人は私の話に眉をひそめるだろう。

でも、確信がある。真実の手応えがある。

それに私には、いつでも信じてくれる人がいるのだ。だから、たどり着いた答えを、人々に伝えねば。

「部屋の状況を正確に把握できた、ただ一人の人。それは――皇帝陛下その人です」

みな私の主張を、どう受け止めるべきか考えあぐねているようだった。

わずかな沈黙ののち、レーゼ皇女がためらいがちに手を挙げる。

「確かに聖女様のおっしゃる通り、扉に向かって立っていたお父様なら、入室の順番を正確に把握できたかもしれないわね。……でも、皇帝陛下は首が切れていたのよ？」

「その場には俺もいたが、陛下は何も話していなかった。倒れてからしばらく意識はあったようだが、何か伝える余裕などなかったと思う」

ロディス皇子も言い添える。

私は彼らの意見に首肯を返し、

「そうですね。皇帝陛下がエレノア皇女に状況を伝えることなど不可能だった。ではどうして、エレノア殿下は皇帝陛下が見た光景をご存知だったのでしょう」

当然、答えは返ってこない。人々は私が何を言い出すのかと、息を殺して待っている。

「答えは簡単です。皇帝陛下の体に入っていた魂が、死の瞬間エレノア殿下の体に乗り移ったと考えればいい。今の殿下の中身は、首を切った瞬間皇帝陛下の中にいた人物なのですから、当然皇帝陛下が見た光景をご存知であるはずです」

目
「魂……」

思いもよらない私の発言を、誰かがうわ言のように反復する。いっそ案じるような目が、方々から私に向けられた。

募る迷いを振り切って、私は再び声高らかに主張する。

「私は告発します。この方は、本物のエレノア皇女殿下ではありません。エレノア殿下ではない誰かの魂が、殿下のお体に宿り、殿下を操っているのです」

「せ、聖女ヴィクトリア。つまりあなたは、皇帝陛下の魂がエレノアの体に乗り移り、エレノアを操っていると言いたいのか」

おっかなびっくり訊ねてきたのはシメオン皇子だ。

「正確には、皇帝陛下ご本人の魂ですらないと私は考えております。皇帝陛下のお体を操り、他者の体に乗り移る力を持った何者かの魂――仮に、魂魄遣いとでも呼びましょうか。その者がエレノア殿下の体を操っているのです」

「そ、それは、なんというか、あまりにも……」

「ありえぬ話ではありません」

人々が困惑するなか、静かな声が降りかかる。声の発信源は、参列席に腰掛けるタリヤ様だった。

「他者の意識に作用する誓約術に、他者の魂を害する呪術――古代魔術には、我々の想像もつかぬ神秘を宿した術が数多く存在します。ならば、他者に乗り移り、その体を弄(もてあそ)ぶという危険な術が存在したという可能性も、否定はできません」

思わぬ援軍だった。礼を言おうと口を開くと、タリヤ様はそれより早く首を横に振る。

「ただ可能性だけならば、いくらでも口にできるものです。根拠がなければ、聖女ヴィクトリアの話もただの妄言となりましょう。もし考えがあるのならば、しっかりと説明なさい」

「はい、タリヤ様」

厳しい言葉を口にしてはいるが、タリヤ様は私の話を聞こうとしてくださっている。それだけでも、今は心強かった。

「エレノア殿下の話に移る前に、まず皇帝陛下のお話をしましょう。陛下は平等を尊ぶ高潔な方で、それゆえに子供にも皇妃にも肩入れしようとしなかったそうですね。

ですがこの一ヶ月近くになって、陛下はしきりに『もう終わりにしたい』と死を仄(ほの)めかすような発言をしていたと侍従の方々は話していました。その様は、まるで『別人のようだった』との発言もあったとか」

「……それって」

レーゼ皇女が表情を硬くする。彼女が求めていた真実に、近づく気配を察知したのだ。

「皇帝陛下の影武者であるトレバー卿(きょう)は、誰よりもいちはやく、皇帝陛下の変化にお気づきになりました。そこでレーゼ殿下に相談を持ちかけたのです。

ですが皇帝陛下に宿る人物は狡猾そのもの。すぐにトレバー卿が自身の存在に気づきかけていることに気がついたのでしょう。そこで魂魄遣いは、邪魔なトレバー卿を人知れず排除した。……こうしてトレバー卿は、彷徨う亡霊の姿となったのです」

「じゃあ、フィルおじ様が口にしていたという『お前は誰だ』という言葉は……」

「死の間際、とうとうトレバー卿も真実に辿り着いたのでしょう。彼は皇帝陛下の魂が何者かにすり替わっていると気づき、『お前は誰だ』と皇帝陛下の遺体に問うていたのだと思います。あの言葉は、トレバー卿の告発そのものだったのです」

しかもトレバー卿は『どこにいる』と呟きながら、聖堂内を彷徨っていた。あれは皇帝陛下の遺体を探していたのではない。皇帝陛下を操る何者かを探し求めていたのだ。

「やめて！　そんな話、聞くに耐えないわ。皇帝陛下が乗っ取られたというけれど、いったいどうやって乗っ取られたの。どうして自殺をしたっていうの」

おぞましい物から距離を取ろうとするように、エレノア皇女は一歩後ずさる。そんな彼女の姿は、冤罪に怯えるあわれな被害者にしか見えなかった。

「皇帝陛下がどのようにして乗っ取られたのか。それについては、大体の予測ができます」

「予測、ですって……」

「まずこの魂魄遣いの能力について考えてみましょう。この能力は、どうやら術者の人格が人から人へと次々に体を乗り移り、操ることのできる術のようです。では魂魄遣いが他者の体に乗り移ったら、解放された元の体はどうなるのでしょう」

「普通に考えるならば、元の体の持ち主に主導権が戻されるでしょうね」

タリヤ様が口を挟んだ。私も同じ意見である。

「となると、魂魄遣いとしてはここで困ったことになります。他の体へ移動してしまったら、元いた体の持ち主によって、自分の存在を告発されてしまうおそれがありますから。

……だから魂魄遣いは、乗り捨てた体の持ち主を口封じする必要があったと考えられます」

私が言わんとしていることを幾人かが察して、眉を寄せた。

解放した体の持ち主の口をいかにして塞ぐのか。そんな方法、一つしかない。

「魂魄遣いは、乗り捨てた体を殺害したのでしょう。そうしながら人から人へと体を渡っていき、ついには皇帝陛下の体へとたどり着いたと考えられます」

「――ああ！」

驚愕の声が修道院長の口から漏れる。まさかそれは、と彼は体を抱えて震え上がった。

「そう。修道院長がおっしゃっていた、死の呪いの連鎖がまさにそれなのです。

あれは、使用人の恋人に始まり、使用人、侍医の奥方、そして侍医本人が続けざまに亡くなったというお話でした。しかも全員、自害であったとか」

「そ、その通りです……！」

「おそらくその順に、魂魄遣いは体を渡り歩いてきたのでしょう。そして自殺に見せかけ、乗り移った人々を殺害したのです」

「ですが、侍医であった私の友人は、服毒自殺であったと聞いております」

「侍医の体を乗っ取っている状態で、まず毒を飲む。それから皇帝陛下のもとへ向かい、死の間際に陛下の体へと乗り移ってしまえば、服毒自殺のような形で侍医を殺害することが可能です。事実、侍医は宮殿内でお亡くなりになっていたのですから」

ずっと不思議だった。侍医はなぜ、わざわざ宮殿で自害を図ったのか。その理由が不透明だったのだ。

だが自害のかたちで侍医は殺害されたのだと考えるなら、その不自然も解消される。

それに——

「そうして考えると、皇帝陛下自害の真相も見えてきます。

魂魄遣いは皇帝陛下の体に乗り移ったものの、なにがしかの理由で今度はエレノア殿下の体に乗り移る必要に迫られました。となると、今度は皇帝陛下の口を封じなくてはなりません。

しかし侍医と違い、皇帝陛下は毒を自由に手に入れることができない。かと言って、エレノア殿下の体に乗り移ったあと皇帝陛下を殺害してしまったら、即刻反逆罪で捕まってしまいます。そこで魂魄遣いは、大胆な作戦を決行しました。

皇子皇女の前で自害して見せ、皇帝陛下の体が息絶えるほんの直前に、エレノア殿下の体に乗り移ったのです。

　この方法のためには確実に死に至り、それでいて死ぬまでにわずかな猶予が残される自害の方法を選ぶ必要があります。そうでないと誰かが、乗り移る前に乗っ取った体が死んでしまいますから。だから魂魄遣いは皇帝陛下の体を操って、首の血管を自ら断ち切ったのでしょう。これなら失血死するまでにわずかな時間を稼ぐことができますし、皇子皇女たちは必ず近づいてくるでしょうから」

「でもそれなら、僕たちまで呼ぶ必要はなかったのでは？　エレノアが目的なら、彼女だけ呼べば十分だっただろう」

　自害の現場に立ち会ったハルバート皇子が、納得しきれぬ顔で顎を撫でた。

「いいえ。エレノア殿下お一人を呼びつけ、一対一の状況で自害をしては、殿下にあらぬ疑いをかけてしまうことになります。皇帝陛下が自害したと主張するには、複数人の目撃情報が必要でした」

　実際、複数人で目撃した時ですら、彼らに疑念を向ける人々がいたのだから。

　犯人がそうした事態を警戒して、候補者たちを呼び寄せたとしても不思議ではない。

「遺書がなかった理由も、これで説明がつきます。皇帝陛下が遺書を残したとなれば、必ずその真偽性が問われ、厳重な筆跡の鑑定が行われることでしょう。となれば、魂魄遣いが残した遺書は偽物であるとすぐに判明してしまいます。だから魂魄遣いは遺書を魂魄残せなかったのではないでしょうか」

「遺書を残さなかったのではなく、残せなかったのか」

なるほどな、とアドラスさんが唸る。彼はすでに、私の推理を受け止めつつあるようだった。

「先刻の騒動も、大司教様を乗っ取った魂魄遣いによるものだったのでしょう。おそらく大司教様は、まったくの無実。にもかかわらず、彼は魂魄遣いの策略によって体を操られ、用意された偽の告発文によって、皇帝陛下毒殺未遂の犯人に仕立て上げられてしまったのです」

魂魄遣いには、どうしても再投票をさせたい理由があったのだろう。だからレーゼ皇女を納得させる必要があった。

けれどもただ偽の告発文を用意しただけでは、大司教の罪を人々に認めさせることはできない。そこで体を乗っ取り、〝告発に追い詰められ、暴挙に出た大司教〟を演じたのだ。

だがマリウス大司教は、そんな真似をするような人ではなかった。

魂魄遣いが仕立て上げた事件の矛盾と綻びが、真相に至る一つのきっかけとなったのである。

「犯人の手口はこうです。まず大司教付きの修道士を資料館で殺害し、大司教様を告発する遺書を用意する。そしてエレノア殿下の体から大司教様の体へと移り、解放されたエレノア殿下をどこか人目のつかない場所に拘束しておいたのです」

資料館で修道士を殺害したのは、毎朝祭具係が定時の点検を行うことを把握していたからだろう。

死体が発見される時刻を予め調整することで、魂魄遣いはエレノア皇女から大司教への乗り移りを効率的に行うことができたのだ。

「次に魂魄遣いは大司教様の体で我々の前に姿を現し、自ら用意した遺書によって追い詰められ、口封じのためその場の全員を殺そうとする演技をしました。そうして我々を各所に転移させたあとは、いずこかに監禁していたエレノア殿下を回収し、塔の上まで移動したのでしょう」

傀儡による騒動は、私たちの目を眩ませるための茶番に過ぎなかったのだ。

……いやもしかしたら、私とタリヤ様だけは本気で処分するつもりだったのかもしれないけれど、その真相は今はどうでもいい。

「待て。そうしたら、俺たちが魔力の糸を辿って塔の上に登った時、まだ大司教の中身は魂魄遣いだったということになるぞ」

アドラスさんは顔を強ばらせた。

「それなのに、いまエレノア皇女の体に魂魄遣いが入っているということは……」

「そうなのです」と私は深く頷いた。

「魂魄遣いは大胆にも、私たちの目の前で入れ替わりをしたのです。それも、大司教様が飛び降りるほんのわずかな瞬間に」

マリウス大司教が飛び降りる直前、大司教は閃光をほとばしらせた。

だがあんな小細工をしなくとも、飛び降りなんて簡単にできたはず。

彼があの無駄な魔術を用いたのは、おそらく私の目を潰すため。私がこの目で体を乗りかえる瞬間を視ることがないように、あのような小細工を使用したのだ。

「それに、ずっと不思議でした。どうして大司教様は、エレノア殿下を連れ歩いていたのでしょう」

「それは、人質にするためと考えられるが」

「ですが私たちが彼を発見した時、すでに空中回廊から飛び降りようとしているところでした。策を諦め、これから死のうという人が、人質を連れ歩くのも非効率的です。それに……」

私は塔の上で見た光景を思い浮かべる。

欄干の外に足を出し、今にも飛び降りそうな大司教。そして彼に巻き込まれまいと欄干にしがみつく、口を塞がれた皇女。

皇女は言葉を発せないまま、私たちに何かを懸命に伝えようとしていた。

「エレノア殿下は口を塞がれていたのに、なぜか両手は自由な状態でした。あれは、自分の意識を取り戻した殿下が、私たちに魂魄遣いの存在を知らせることのないようにするため。そして魂魄遣いが殿下に乗り移った後、万が一にも大司教様もろとも落下しないようにするためだったのではないでしょうか」

もはやエレノア皇女は何も言わなかった。ぐっと口を閉ざしたまま、私の言葉を静かに聞いている。

アドラスさんは納得したように唸りながらも、まだ疑問の棘が抜け切れていないようだった。

「少々強引すぎる方法だな」

「強引でもよかったのです。とにかく大司教様が犯人である、という意識を我々に植え付け、再投票を行い外に出てしまいさえすれば、我々が魂魄遣いを捕らえることはできなくなります。魂魄遣いはいとも簡単に、他者の体に乗り移って逃亡することが可能なのですから……」

はじめは私への非難の意思さえ感じられた聖堂に、困惑の空気が漂いつつあった。

誰だって、私の話を簡単には信じることはできないだろう。だが積み重なる矛盾への解答が、彼らの心を迷わせているのだ。

「も、もしエレノアが本当に操られているのだとして。この状態だと、危ないのではないか？」

小さな沈黙ののち、クロイネル皇子が切り出した。

「こうしているあいだにも、誰かの体に乗り移ることだってできるのでは……」

「いいえ。おそらく魂魄遣いが他者の体に乗り移るには、相手との〝接触〟が必要なはず。皇帝陛下が自害した際も、大司教様が自害した際も、エレノア殿下は亡くなった方々と体が触れた状態にありましたから」

それにトレバー卿の霊は、しきりに『触れるな』という言葉も繰り返していた。あれも彼からの警告だったのかもしれない。

「……それで、聖女様。私が操られていると、証明できるものはあるのかしら」

とうとうエレノア皇女の方から、核心に迫ってきた。

ちりりと胸に不安が疼くが、私は自信をもって「はい」と答える。

「私の推測が正しければ、亡くなった修道士の告発文は魂魄遣いが急拵えで用意したものであるはず。修道士が生前書き残していた文書があれば、筆跡を鑑定できるかもしれません」

「せ、聖女様。それはできないのです」

言い切ったところで、修道院長が弱々しく前に進んだ。

「告発文は、先の傀儡による騒動のさなか、紛失したと報告を受けております。さきほども急いで捜索させましたが、それらしきものは見つかりませんでした」

「そんな」

続く言葉が出なかった。

犯人は己の痕跡である告発文を処分することまで計画に入れて、傀儡による騒動を起こしたのか。

見ればエレノア皇女は、いかにも困ったような顔を浮かべている。

多くの候補者たちも、私の突飛な推理の真偽にいまだ揺らいでいるようだった。

「疑いがあるならば、調べも受けましょう。それまで、どなたにも触れないようにもいたします。ですが、いつまでもこの聖堂に留め置かれているわけには参りません。ひとまず外に出ませんか」

いかにも厄介な相手に譲歩するように、エレノア皇女は控えめな声で言い出す。

誰にも触れない、という彼女の言葉に周囲の人々も「そうだな」と賛同を示した。

「触れなければよいのでしょう。なら、宮殿でお部屋に閉じ込めればよいのでは……」

それはだめだ。

魂魄遣いは流行病のようなもの。ひとたび外に解き放てば、いとも簡単に人々の間を渡り歩き、私たちの包囲をすり抜けてしまう。

この聖堂という閉ざされた空間の中で、すべてに結着をつけなくてはならないのだ。

ならそのために、必要なのは――

「エレノア、わたくしと昔話をしましょう」

唐突にそう言い出したのは、レーゼ皇女だった。

姉の気まぐれな提案に、エレノア皇女は不意を打たれたように狼狽した。

「昔話？　どうして今さら……」

「わたくしたち、子供の頃は仲が良かったでしょう。あなたなんて、お姉さま、お姉さまとわたくしのあとをついて回って、母親たちから馴れ馴れしくしてはいけないと叱られたじゃない。

あれから、ずっと疎遠だったけど……。でもあの頃の話をすれば、お互いが本物か分かるかもしれないわ」

拍子抜けしたのか、エレノア皇女はぽかんと姉を見つめる。ややあって、彼女は何度も頷いた。

「そうね、お姉様。あまり昔のことは覚えていないけど、話せば何か分かるかも」

「ああ、でも」

美しき皇女は、いたずらっぽく片目をつぶる。

「わたくし、嘘つきだから。それだけは注意してちょうだいね」

艶やかな宣戦布告だった。

おそらく魂魄遣いは、体の持ち主の記憶までは引き継げない。その可能性に賭けて、レーゼ皇女は彼女を試そうとしているのだ。

もし万が一、魂魄遣いが体の記憶を読めるなら、エレノア皇女は喜んでこの提案に乗ることだろう。だが、そうでなければ――

「……参った。降参だよ」

エレノア皇女は――いや、魂魄遣いは、おどけたように両手をひらひらと上げてみせた。

口の端を皮肉げに持ち上げる笑い方は、これまでのエレノア皇女とはまるで異質な表情である。瞬時のうちに仮面を付け替えたかのような変わりぶりに、みなは唖然として言葉を失った。

「では、認めるのですね。あなたはエレノア殿下の体を操る魂魄遣いである、と」

「ああ認めよう。私こそが皇帝を殺し、エレノア皇女の体を乗っ取った魂魄遣いだよ。他にもたくさん殺したが、ちょっと挙げきることができないな」

見守る人々は「ひっ」と小さな悲鳴とともに後ずさる。おやおや、とそれを愉快げに眺める皇女の中身は、間違いなく別の人間だった。

「あなたの目的はなんですか。なんのために、これだけたくさんの人を殺したのですか！」

「そんなの、帝国皇帝を操るために決まっているだろう」

むしろそれ以外に何があるのか、と言わんばかりの口調である。

背筋を凍らせる私たちを置き去りにして、魂魄遣いはつらつらと語り始めた。

「本当は、レオニス皇帝を乗っ取った時点で目的は達成される予定だったのだがね。彼の体に乗り移ってみれば、骨も臓腑もそこかしこが病に食われて、生きているのが不思議なくらいの有様だった。あれでは帝国を操る前にお迎えが来てしまう。そこで私は、次の皇帝に乗り移る必要に迫られた。

……だがこの国ときたら、継承選は皇帝の死後行うという非効率な制度をいまだに取り続けているときた。このままでは、生きているうちに次の皇帝に乗り移ることもできない」

「だから、候補者の体を乗っ取ることにしたのですか」

「その通り。だが、寝台に寝転がって朦朧（もうろう）としていればそれで許されるレオニス皇帝と違い、候補者はどうしたって他人と関わる必要がでてくる。だからなるべく他者との接触を好まず、親しい者が少なく、大人しくて口数の少ない候補者に乗り移ろうと考えた。そちらの方が演技が楽だからね」

「……では皇帝陛下が病床に呼びつけたという候補者は、エレノアだったのね」

忌々しげなレーゼ皇女の言葉を聞いて、魂魄遣いはからからと笑った。

「その通り。エレノアを演じるには、エレノアと対話するのが一番効率的だからね。かわいそうに、『実はお前のことは我が子として愛していた。せめて残された時間は共に過ごしたい』と言ったら、エレノアは泣いて喜んで、健気（けなげ）に私のもとに通ってくれたよ。お陰で彼女についてたくさんの話を聞くことができた。私のエレノアの演技は完璧（かんぺき）だっただろう？」

問われた候補者たちは何も言えない。仕方なかったとはいえ、彼らは今に至るまでエレノア皇女の入れ替わりに気づくことがなかったのだ。

「中立派だったエレノアに、改革派であるロディス皇子を支持するよう勧めたのも私だ。おそらく次の皇帝にはロディス皇子が選ばれる。だからエレノアとロディス皇子の距離をなるべく近づけておきたかったんだ。そうすれば、エレノアからロディス皇子への乗り移りが簡単になるからね。

……だがレーゼ。君のせいで大いに焦ったよ。後継者なんて君の作り話だと告発することもできないし、『アドラスが皇帝に』なんて事態、想定もしていなかった。仮にアドラスが皇帝になったとしても、彼の特殊な生い立ちではこの国を牛耳るなんて真似は不可能だろう？　おまけに彼は、この世で最も目敏い聖女と仲良しときた。だからなんとしても、君を納得させて再投票をさせなければと悩んだ結果、大司教を事件の首謀者に仕立て上げることにしたのだ」

　穢らわしいものを見るように、レーゼ皇女は顔をしかめた。けれども毅然と眉を吊り上げると、真っ向から魂魄遣いを睨めつける。

「あなたは、トレバー卿も殺害したでしょう。いったい彼は、どこで殺されたの。どこにいらっしゃるの！」

「すまないね。それは知らんよ」

　あっさり答える声には、後ろめたさも罪悪感も感じられなかった。

「彼ときたら、しきりに私の正体を暴こうとしてきて鬱陶しかったんだ。だから側仕えの者に『秘密裏に処理しろ』と勅命を下したところ、あっさり姿を見なくなったよ。きっと皇帝専属の処理班が、うまくやってくれたのだろうね。帝国とは恐ろしい」

「うまく、ですって……？」

「ロディス皇子が皇帝になったら、その辺りの記録も確認できるかもしれない。君たちの方で調べてみれば、遺体の行方くらいは分かるかもしれないよ」

　まるで善意で教えるかのような口振りに、レーゼ皇女のみならず、私の神経まで逆撫でされる。

この人は、他者の命を己の踏み台としか考えていない。その価値観が、ただひたすらにおぞましい。

「それにしても、残念だ。実に残念だ。せっかくここまで苦労したのに。物見の聖女よ、私がこの体にたどり着くまでに、いくつの体を渡り歩いてきたか分かるかね？　君は何十、何百もの死を無駄にしてしまったのだよ」

「それもここで打ち止めです。もう、あなたには一切のものに触れさせません。諦めて、いますぐエレノア殿下の体を解放しなさい」

距離を取りながら、警告を発する。

私の言葉に合わせるように、兵士やアドラスさんが刃を構えた。

己を狙う切っ先を眺めて、「ふむ」と魂魄遣いは慌てるでもなく思案する。

「さて、どうしようかな。このまま引き下がるのも癪に障るし、捕まるわけにもいかないし……。そうだ、こうしてみるのはどうだろう」

魂魄遣いは、突然奇術を披露するかのように、右手を掲げて見せた。手には剝き出しの短剣が握られている。

「あ」と誰かが声を漏らした時にはもう遅かった。

魂魄遣いは滑らかな動きで、刃をエレノア皇女の首筋へ突き立てんとする。とっさに私は駆け出して、皇女の体を摑もうと手を伸ばした。

最悪、私の体に乗り移られても構わない。これ以上の死は、何としても打ち止めにしなくては。

――だが待ち構えていたかのように、魂魄遣いは私の腕からするりと身を躱すと、短剣の柄を手の中で持ち替える。

次いで鋭い切っ先が、まっすぐ私に向けられた。

「さようなら、物見の聖女」

悪意の声が耳朶を撫でた。次いで、首筋に焼けるような痛みが走る。

斬られたのだ、と理解したのと時を同じくして、アドラスさんの叫びが聖堂に響いた。

「ヴィー！」

「あはははは！」

不気味な笑い声をあげながら、魂魄遣いは私を置いて突然駆け出す。

同時に暗赤色の魔力が膨れ上がり、閃光がほとばしった。私たちの目を眩まして、奴はその隙に逃げるつもりなのだ。

「待って……！」

視界を白く塗りつぶす閃光のなか、必死に腕を伸ばす。けれどいくつかの悲鳴と怒号のあと、霧が薄れるように晴れた視界のどこにも、魂魄遣いの姿は見当たらない。逃げられたのだ。

首から流れる温かな感触にぶるりと体を震わせて、私はその場に崩れ落ちた。

# 最終話

八日後、宮殿客間の片隅にて。

長椅子に並んで腰掛けるアドラスさんとレーゼ皇女に、私はふむ、と頷いた。

「切りつけるだけだと、血管を確実に断ち切れないという話は本当でしたね。痛かったけど、勉強になりました」

「あれはあくまで、『小さな刃だと、血管を断ち切るほど深く斬りつけるのは難しい』というだけの話だ。不可能なわけではない」

これまでに聞いたこともないほど重苦しい声で、アドラスさんは私の軽口を否定した。

「しかも君の場合、皮膚だけでなく静脈も浅く傷つけられていた。傷があと少しでも深ければ、死んでもおかしくない怪我だったぞ」

「でも、すぐに治癒術を施していただいたお陰で大事に至らず済みました」

「結果の話をしているのではない。君が容易に危険を冒す行動をすることに、俺は怒っているんだ」

両手を組んで不機嫌そうに見つめられた。確かに自分でも軽率な行動だったと反省はしているが、こうも責め立てられると、こちらとしても少し言い返したくなってくる。

「アドラスさんだって。私を庇って死にかけたことがあるくせに……」

「それとこれとは話が別だ」

なんともずるいことを言って、アドラスさんは私の反論をあっさり横に流した。それどころか、余計に表情を険しくする。

「それにあの時は、君も俺を庇って呪われただろう。修練を積んだ俺が他人を庇うのと、君のような小柄な女性が他人を庇うのとでは危険も意味もまったく違うんだ」

「説教臭い男は嫌われるわよ、アドラス」

そっと窘める声はレーゼ皇女のものである。

いかにも面白がる様子で私たちの会話を聞いていた皇女は、くすくすと笑った。

「こういう時は、素直に『君が心配で胸が張り裂けそうだった』と言う方が女には響くの。実際、聖女様が倒れてから今日までずっと、あなたったら狼狽えっぱなしだったじゃない。リコくんが困っていたわ」

「……そうやって、俺をからかおうとするのはやめていただきたい」

険しかったアドラスさんの表情が、今度はむすっと照れ顔になる。そんな彼の反応を愛おしむように、レーゼ皇女は笑みを深めた。

まるで長年共に育った姉弟を見るかのような光景である。継承選を経て、元候補者たちは血縁の絆を深めたようだ。あれほど貴人扱いを疎んでいたアドラスさんも、今は皇子という身分を受け入れているように見える。

凄惨な出来事が続いたここ数日の中で、それだけが心温まる成果だった。

――あの恐ろしい事件が一応の終結を迎えてから、もう八日が経つ。その間に、帝国内では様々な動きがあった。

結局あの魂魄遣いは、閃光に紛れて聖堂の外へと脱出してしまった。袖廊から外に出て、そのまま囲壁を乗り越え帝都の市街まで降ったらしい。やがて体を乗り捨てられたエレノア皇女だけが、ほうほうのていで宮殿に戻ってきたという。

『魂魄遣いは私の体を操り雑踏の中に飛び込むと、誰かに乗り移ってしまいました。とても追いかけることはできず……。申し訳ございません』

散々本人かを確認された上で保護されたエレノア皇女は、ぐったりとしながらそう語ったらしい。魂魄遣いを逃したことは悔やまれるが、彼女の命が無事だったことは、この上ない幸運だった。

一方、首を切りつけられた私はと言うと、たまたま治癒術の心得がある修道士が近くにいたお陰で事なきを得た。ただ刃に毒でも塗ってあったのか、その後五日ものあいだ謎の高熱にうなされることになる。

なんとか生死の境を泳ぎ切り、やっと食事を取れるようになったのが一昨日のこと。

そして本日、八割がた回復した私を見舞いに、アドラスさんとレーゼ皇女が客間まで訪ねてきたのだった。

「そう言えば、ロディス殿下……いえ、ロディス陛下の即位式が昨日行われたのですよね」

「ええ。緊急時ということで、貴賓も呼ばない略式だったけど。簡素で大雑把な式だったわ」

レーゼ皇女の話によると、新皇帝の即位式は前代未聞の早さで終了したという。しかもロディス陛下は閉式するなり参列した帝国貴族たちをそのまま議場に引き連れて、会議を執り行ったとか。無駄を嫌い効率を重視する、実に彼らしい逸話だった。

「むしろ式のあとの会議が長かったわ。他国とどこまで情報を共有するか、誰にどこまで責任を問うかで意見が分かれてしまったの。わたくしもだいぶ責められちゃった」

「さすがにそれくらいは甘んじて受けて頂きたいな。あなたのせいで、俺は危うく皇帝になりかけたのだぞ」

「……そうね。わたくしも悪巧みはもう懲り懲りよ。ロディスお兄様に協力すると約束してしまったし、しばらくは真面目に振る舞うわ」

ほら、と決意を証明するように、皇女は腕を広げて詰襟のドレスを披露する。確かに今日の彼女は肌の露出が少なく、豊かな金髪もぴっちり結われていて、さながら女役人のごとき装いだった。

もっとも、溢れ出る色香は隠し切れていなかったけども。

「――というわけで、聖女ヴィクトリア様。ロディス皇帝陛下の名代として、聖女様にお願いの儀がございます」

椅子から立ち上がると、レーゼ皇女は私の前で膝を折った。

「聖女様のお導きによって、我々はまたしても国家転覆の危機を乗り越えることができました。しかしあの忌まわしき魂魄遣いは包囲の手から逃れ、いまや行方知れず。他国の元首たちにも警告はしましたが、あの者の力を考えると、いつまた大きな災いが訪れるか分かりません」

その通りだ。魂魄遣いは、触れさえすれば他者の体を支配することができてしまう。能力の詳細が知れた今、多少の対策を講じることはできるものの、魂魄遣いの接近を完全に遮断することは不可能だろう。

どうしたって人間は、他者と触れ合わずにはいられない生き物なのだから。

「今この世界で、魂魄遣いを捕らえうるのは物見の力を持つ聖女ヴィクトリア様のみ。どうかそのお力を、我々にお貸しください」

「もちろんです」

もとよりそのつもりだった。

あの魂魄遣いの力は、帝国のみならず世界すべてを脅かすものである。存在を知ってしまった以上、このまま知らぬ顔などできるはずがない。

それに皇女が言う通り、魂魄遣いを見つけ出すことができるのは私だけ。あの暗赤色の魔力だけが、邪悪な魔術師の手がかりなのだ。

「魂魄遣いは、己の目的のため多くの人の命を奪いました。私は絶対に、あの者を許しません。その役目、謹んでお引き受けします」

「ありがとうございます。何卒よろしくお願いいたします」

言いながら、ふと悲しげな色がレーゼ皇女の顔に映った。

気配だけで分かってしまう。彼女は殺された大切な人のことを思い出しているのだ。

「……トレバー卿の行方は、その後判明したのですか」

「海に」

嗚咽を抑え込むように、レーゼ皇女は言葉を区切った。

「――遺体は、海に沈められたそうです。だから海が見える丘のあたりに、墓標を用意するつもりですの」

「完成したら、私も必ず参ります。トレバー卿が死後も懸命に声を届けてくださったお陰で、私は魂魄遣いの存在に気づくことができたのですから」

そして、レーゼ皇女のおかげでもある。

この人の行いは身勝手極まりないものだったかもしれない。けれどもレーゼ皇女が真実を求めたからこそ、魂魄遣いは痕跡を残さざるをえなくなったのだ。

「ありがとう」

格式ばった態度を崩して、レーゼ皇女は柔らかに微笑んだ。いつもの妖艶な笑みとは違う、穏やかで温かな笑顔だった。

「また伺うわ、聖女様。今度は、友人としてね」

レーゼ皇女が去ったあと、私は歩行練習がてらアドラスさんと庭園に向かった。

たった数日寝たきりだっただけなのに、庭に出たところでもう息が上がってくる。魂魄遣い捕縛の前に、もうしばらく回復に訓練が必要そうだ。

「聖女タリヤは神殿に戻ったそうだな。礼を言いに行ったら部屋がもぬけの殻で驚いたぞ」

何度も足を止める私をさりげなく支えながら、アドラスさんはふと口を開いた。

「はい。三日前、オルタナ様に魂魄遣いの詳細を報告すると言って帝都を発たれました」

聞くところによると、タリヤ様は腕を痛めていたにもかかわらず、うなされる私にずっと付き添ってくれていたという。そして私の熱が下がるやいなや、聖務に戻るべく身支度を始めたのだ。

『確かにあの青年は、それなりに役に立つようです』

去り際、タリヤ様はこちらを見ずにそう言った。あの青年とは、おそらくアドラスさんのことだろう。

『今後は皇室と協力して動く必要もありましょう。ほどほどに弁えつつ、真実の探究とやらに励みなさい』

アドラスさんの力が必要だと語った私に対する、彼女なりの答えだったのだろうか。

ただ彼女が、少なからず私とアドラスさんの力を認めてくれたような気がして嬉しかった。

「タリヤ様は、魂魄遣いの能力について古代の文献も調べるとおっしゃっていました。神殿の専門家たちが協力してくれたら、何か情報が摑めるかもしれません」

「それはありがたい。あいつには、なんとしても代償を払わせねば」

アドラスさんは私の首筋を睨むように視線を鋭くする。そして数瞬の間を置いて切り出した。

「俺は帝国軍に仕官することになった」

すぐに言葉が出なかった。

軍に仕官。つまりは今後、彼はロディス陛下と共に、皇室の血族として帝国を守護する決意をしたということである。

とうとうアドラスさんは自分の居場所を見つけたのだ。だから新たな門出を喜ぶべき場面なのに、どうしてか胸が詰まって何を言うべきか分からなくなった。

けれども無理やり息を吐くと、栓が抜けたように祝福の言葉が流れ出る。

「おめでとうございます。アドラスさんなら、きっと勇敢で立派な将になられましょう。これからは良き剣、良き盾としてエデルハイド帝国を――」

「待て待て、そうじゃない。仕官すると言っても、いきなり軍人として兵役につくわけではないんだ」

慌てて私の話を堰き止めて、アドラスさんは豪快に首を横に振った。

「ロディス……兄上より、特務を命じられた。これからしばらくは、神殿と協力して魂魄遣いの捜索に従事する予定だ」

「協力、ですか」

「ああ。君だけでは各地への移動に危険が伴うし、関所で足止めを食らってしまうことがあるかもしれないだろう。俺はそういう時の、便利な護衛兼通行許可証というわけだ」

これまたずいぶんと大きな許可証である。けれどもアドラスさんの王弟という立場は、帝国のみならず近隣国においても、これ以上ないほど効力を発揮できるだろう。

「君の聖女としての名誉も役割も、邪魔するつもりはない。だから魂魄遣いを捕らえるその日まで、君を守らせてくれないか」

「アドラスさん……」

「そうでないと、君はまた無茶をするだろう。だから、その、なんだ」

急にもごもごと何度か言葉を濁らせる。だが意を決したように、彼はまっすぐとこちらを見据えて口を開いた。

「君を横で見守っていないと、心配で胸が張り裂けそうなんだ」

姉の言いつけを忠実に守った彼の言葉は、あまりにも直球だった。

つい私は足を止めて、ぽかんとアドラスさんを見上げてしまう。

「……べつに、ふざけているわけではないぞ」

「わ、分かっています」

私は慌てて、何度も手を横に振る。

……レーゼ皇女はすごい。

確かに男性からこんな風に言われてしまうと、強がる気持ちが萎えてしまう。どくどく高鳴る胸を鎮めながら、私は小さく頭を下げた。

「私も、今回の事件で自分一人では何もできないことを改めて痛感しました。私には、いざという時に守ってくださる方が必要です。こちらこそ、どうぞよろしくお願いします」

この程度のことで赤くなる頬がばれないように、顔を下に向けたまま言う。

頭上からは、安堵と笑みを混ぜたような吐息の音が聞こえてきた。

「ではよろしく頼む。魂魄遣いを、捕らえるまで」

「はい。一緒に頑張りましょう」

言いながら、私はちらと頭上を盗み見る。

陽だまりのような明るい笑顔がこちらに向けられていた。けどその中に、どこか寂しげな影が落ちている。

「……アドラスさん？」

「アドラス様、ヴィーさん！　先生が診察に来ましたよ！」

その時客館から、リコくんの呼ぶ声がした。

私たちは弾かれたように、声のする方へと顔を向ける。

「分かった、すぐに戻る！」

応(こた)えるアドラスさんの横顔に、もう先ほどの影は見当たらなかった。屈託のない笑みを浮かべて、彼は私に振り返る。

「よし、そろそろ行こう」

「はい」

いつもの笑顔にほっとしながら、私はアドラスさんの横に並び立つ。

気のせい、だったのだろうか。

けれどもしばらく、彼が一瞬見せた寂しげな笑顔は私の胸に残り続けるのだった。

本書は書き下ろしです。
この物語はフィクションであり、実在の人物・地名・団体等とは一切関係ありません。

聖女ヴィクトリアの逡巡
アウレスタ神殿物語

春間タツキ

令和4年 7月25日　初版発行
令和6年 12月15日　再版発行

発行者●山下直久

発行●株式会社KADOKAWA
〒102-8177　東京都千代田区富士見2-13-3
電話　0570-002-301(ナビダイヤル)

角川文庫 23259

印刷所●株式会社KADOKAWA
製本所●株式会社KADOKAWA

表紙画●和田三造



●お問い合わせ
https://www.kadokawa.co.jp/（「お問い合わせ」へお進みください）
※内容によっては、お答えできない場合があります。
※サポートは日本国内のみとさせていただきます。
※Japanese text only


ISBN 978-4-04-112492-5　C0193

# 角川文庫発刊に際して

角川源義

第二次世界大戦の敗北は、軍事力の敗北であった以上に、私たちの若い文化力の敗退であった。私たちの文化が戦争に対して如何に無力であり、単なるあだ花に過ぎなかったかを、私たちは身を以て体験し痛感した。西洋近代文化の摂取にとって、明治以後八十年の歳月は決して短かすぎたとは言えない。にもかかわらず、近代文化の伝統を確立し、自由な批判と柔軟な良識に富む文化層として自らを形成することに私たちは失敗して来た。そしてこれは、各層への文化の普及滲透を任務とする出版人の責任でもあった。

一九四五年以来、私たちは再び振出しに戻り、第一歩から踏み出すことを余儀なくされた。これは大きな不幸ではあるが、反面、これまでの混沌・未熟・歪曲の中にあった我が国の文化に秩序と確たる基礎を齎らすためには絶好の機会でもある。角川書店は、このような祖国の文化的危機にあたり、微力をも顧みず再建の礎石たるべき抱負と決意とをもって出発したが、ここに創立以来の念願を果すべく角川文庫を発刊する。これまで刊行されたあらゆる全集叢書文庫類の長所と短所とを検討し、古今東西の不朽の典籍を、良心的編集のもとに、廉価に、そして書架にふさわしい美本として、多くのひとびとに提供しようとする。しかし私たちは徒らに百科全書的な知識のジレッタントを作ることを目的とせず、あくまで祖国の文化に秩序と再建への道を示し、この文庫を角川書店の栄ある事業として、今後永久に継続発展せしめ、学芸と教養との殿堂として大成せんことを期したい。多くの読書子の愛情ある忠言と支持とによって、この希望と抱負とを完遂せしめられんことを願う。

一九四九年五月三日